我在世界
名人之家

车吉心 著

泰山出版社·济南·

自　序

我常想，人有幸来到这个丰富多彩的世界，风雨兼程几十年，总该为养育我们的可爱世界做点什么吧！

十几年前，在友人的热情鼓励和鼎力支持下，我背起相机走天下，追寻中外名人的足迹，踏过56个国家和地区的土地，收集了230多位世界名人和1200多位中国名人的故居图像资料，并编辑出版了6卷《世界名人故居》和30卷《中国名人故居》大型图集，填补了中外图书史的空白。

我穷尽后半生余力，拍摄中外名人故居，就是想在有生之年，尽一个人来到这个世界的本分。人，总不能只消费这个世界而不为这个世界做些什么吧？只有这样做了，自己心里才稍稍有些安慰。

人活一世，只有不停歇地做点自己力所能及的事情，方不辜负自己，不辜负这个世界。这也是我对人生的一点执着吧！

那些中外名人故居是多么珍贵的文化遗产，多么伟大的精神财富。他们曾经在那里创造过多少震惊世界的宏图伟业，留下多少感天动地的传说故事，他们不屈不挠的精神，曾经激励过多少代人为人类的进步事业而拼搏甚至献身！当我徜徉在名人故居的时候，当我与高贵的灵魂亲密接触的时候，当我与伟人、巨匠、大师心灵沟通的时候，我的整个身心都沐浴在他们的光辉之中。

是的，名人非皆伟人，名人也非纯洁无瑕。但，名人曾经感动过世界，世界亦当铭记名人。在彪炳史册的极具奠基意义的传世杰作、创造发明面前，我们感受到如此

的震撼，又怎能将他们遗忘呢！

人到老年，也许任何事都不做也可以安度晚年，虽然没有任何欲望去做任何事的生活也是一种生活，但我想，只有活在自己实实在在的生命追求中，才能体现生命的存在。

时间有如朝霞，容颜老于昨日。随着这些名人故居资料的整理出版发行，我也已在转身之间度过72个春秋，人生，多短暂，多可贵呀！生命，就行进在上苍给予的时间里，不容商量，不会再版。那么，在余下的生命旅程中，还能为这个世界做点什么？顺应岁月的意愿，我调整生活的方向：放下相机，拿起笔杆，为昔日拍摄的名人故居配写散文随笔，以图文并茂的形式向读者叙说走进名人故居时的亲身感受，介绍名人波澜壮阔的人生历程，以鼓励后来人像名人那样，不忘初心，努力不懈，奋斗进取，实现人生的伟大梦想。这是写作《我在世界名人之家》的初衷，也算是对养育我的这个美丽的世界尽了一点力。

至此，我要说的话该结束了，但我生命中该做的事还将继续。

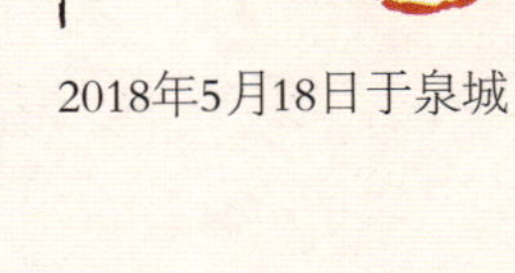

2018年5月18日于泉城

目 录

我想回家

家，就是生命，就是人生，就是归宿。

人们在人生旅途的不同时段和境遇，对家的感情和理解是各不相同的。但，当迈入耄耋之年，走进人生叶落归根的黄昏时节，对家的情感却是绝对的相似——思乡、怀旧、眷恋。特别是随着生命的滑梯飞快地滑向彼岸，甚而即将向亲人故友告别之际，怀乡、思亲、盼望回家的感情，该是多么急切，多么强烈啊！

文艺复兴时期意大利最伟大的诗人——但丁·阿利基耶里，就走过了这样一个漫长、曲折而痛苦的情感历程。他被驱逐出国，漂泊异乡，寄人篱下，临终前的最大愿望就是："我要回家！"

一个细雨轻洒的早晨，我们一行怀揣着久慕的朝圣之心，急匆匆地来到了坐落在意大利佛罗伦萨市中心人字形路口的但丁故居。

但丁的故居古朴而雅静，尽管故居内外不息地流动着进出的参观者，但整体的氛围却是一片肃穆。脚步是轻轻的，交谈是轻轻的，连呼吸也是轻轻的，生怕破坏了这和谐的气氛，惊扰了长眠的诗人。

我长久地、默默地徘徊在但丁孩童时曾独自起居玩耍的小屋，这里的一切都是那么质朴、安静。屋子旧了，地板旧了，几件旧日的用具有序而无言地站立着，像要替旧时的小主人诉说他旧日的欢乐和不幸。

但丁的童年的确是不幸的。他很小的时候就失去了母亲，失去了母爱，以放高利贷为生的父亲很快续弦生子。尽管他周围很快增添了一群咿呀吵闹的弟弟妹妹，但他们的出现并未给小小的但丁带来多少欢乐。只有可怜的姐姐时常关注着孤苦幼弟的饥饱冷暖，多多少少安慰了但丁幼小的心灵。

这时的但丁，总是独自整日整夜地待在这间小屋。就是在这间普通的斗室，他体验着童年的苦乐，思索着未来。在他成人后，也是蜗居在这间斗室，废寝忘食地奋发苦读，夜以继日地作诗撰文。斗室成了但丁向成功冲锋的基地和展望未来的窗口。十几年呕心沥血的奋斗，他终于选准了未来的方向，他终于展翅欲飞了！

《新生》诗作的早早诞生，使但丁一举成名，那催人泪下的美丽诗句一时间叩开了多少少男少女的心扉，催动了多少读者亢奋激越的呼号，惹来了多少人的倾慕爱恋。

才华横溢的但丁，诗兴大发，一发不可收，迎来了他日思夜盼的丰收季节。《宴会》发表了，《俗语论》问世了，

一篇篇、一部部惊世骇俗的力作使他出人头地，使他成了人生舞台光彩照人的明星。

正在向诗坛艺术高峰一路高歌挺进的但丁，这时竟然调整了人生的方向，毅然选择了政治。不久，他当选为佛罗伦萨的执政官，雄心勃勃地幻想要在家乡建立一个让每位公民都幸福的圣洁社会。

1301年的岁暮，灾难降临在了这位热血沸腾的年轻诗人身上。反对派法官毅然决然地签发了放逐但丁的判决书。仅隔一年，流亡中的但丁，又悲惨地接到了对他的第二次判决：速拿归案，处以火刑。

平地惊雷，飞来横祸。壮志未酬的但丁没有畏惧，没有退缩，他在积蓄力量，伺机反击。但是，一场场的反攻失败了，一轮轮的谈判也破裂了。一次次的失望、一番番的挫折，使但丁决意回家的愿望日益遥远了。

家在何处？路在何方？背井离乡、苦争苦斗的但丁，越来越难以捕捉到希望的火花，越来越难以望见成功的曙光了，而时光稍纵即逝，在失败和挫折中挣扎奋斗的但丁眨眼已逾不惑之年。想象那灰暗的前景，但丁痛苦了，困惑了。

名人命运中的磨难也是有名的。就在但丁穷途末路、四处漂泊、回家无望之际，佛罗伦萨的法官要对可怜的游子但丁特赦了，但特赦的条件是：坐大牢，公开承认有罪，呼求怜悯，承付罚金。

但丁又一次愤怒了，也再一次失望了。但他绝不退却，绝不动摇，更不乞求。此时的但丁，彻底丢掉了一切不切实际的幻想，重新认识对手，重新调整心态，重新寻找自我，重新攥起改造世界之笔，以汹涌澎湃的激情废寝忘食地投入到文学创作中，决心在困境中崛起，在火与血的搏斗中再生。

流放、漂泊、苦难锻造了但丁的伟大胸怀和钢铁意志，也为但丁的创作开垦了一片沃土。在流放中积蓄，在漂泊中构思，在苦难中奋笔疾书，在思念故国的强烈情感中，但丁淋漓尽致地宣泄着自己的情感。经过数年奋斗，伟大的中世纪史诗——《神曲》终于诞生了。还有什么比创造流传千古的佳作更让人感到满足和幸福呢？

又一个丰收季节来临了，当《飨宴》《论俗语》《王国论》等一部部巨著问世之时，但丁的心该有多安慰，多自豪啊！请看明日之世界，谁是最后的胜利者！权位是渺小而短暂的，而精神是伟大且永恒的。

然而，在一部部巨著接踵问世的同时，但丁的人生苦旅也悄悄地走到了尽头。由于长期颠沛流离的折磨，由于夜以继日创作的辛劳，但丁已是心力交瘁、贫病交加。

天才而伟大的但丁为什么总是遭遇那么多的苦难呢？这不，寄居的第二故乡拉文纳又被威尼斯下了宣战文书。战书就意味着战争，战争就意味着流血。但丁回溯自己的历历往事，他战栗了。他不忍美丽安静的拉文纳再燃起战火，他不能拒绝主人的请求，因此义无反顾地担当起了与威尼斯媾和的重任。但丁怎会忘记，是拉文纳的人民在他最艰难的时候接纳了他，接纳了他的家人，给了他第二次生命，他要知恩图报！

但丁一身正气地上路了，但丁拖着年迈的身子，背负着人民的殷切期望上路了！

但丁匆匆地走了，又匆匆地回来了。但丁是染上了疟疾，生命垂危而匆匆归来的。

高烧不退、双眼紧闭的但丁痛苦地被送回了拉文纳。奄奄一息的但丁最后一次无力地睁开了混浊的双眼，他环顾身边泪眼婆娑的老妻和爱女，仿佛又回到了当年佛罗伦萨家乡那明月当空的人字路小巷，好像又迈进了自己童年独居的小屋。“家乡多美，亲人多亲！啊，可爱的家乡，可爱的小屋，我终生的眷恋！可怜的老妻，可怜的孩子，咱们回家，我想回家！”

在泪水和呼唤中，伟大的天才，一代杰出的文坛泰斗，不无遗憾、恋恋不舍地闭上了泪眼。

我沉思在但丁故居的小屋，我追寻着但丁曲折的命运历程，我品味着但丁苦苦眷恋家乡的缕缕情思，我落泪了。

伟大的诗人啊，但丁，你一生太苦了，只盼你在天堂多多保重。

再见了，但丁！

又见画圣

细雨，悄悄打湿了行人的衣襟。天空，云卷云舒洒下一片灿烂、一片希望。车在蜿蜒起伏的山路上颠簸前行，原野在身边闪过，丛林在身边闪过，村落在身边闪过……已经拐过多少道弯，翻过多少座山，几次驻车问路，实在是记不清了。但心目中久慕的艺术圣地——列奥纳多·迪·皮耶罗·达·芬奇故居却依然深藏不露。

到了，终于找到啦！

黄色的弯道旁猛地闪出一方黄色的木制路牌——芬奇镇。这真是山重水复疑无路，柳暗花明又一村。画圣达·芬奇的家就在前方了！

穿过古老洁净的意大利佛罗伦萨芬奇小镇，再走一公里许的山路，只见绿林环抱的山顶傲然挺立着一座独具特色的石砌小屋。我急匆匆跳下车，一路小跑地扑进了这久仰圣地的怀抱。我怀着激动的心情，从正屋追到旁屋，从屋里追到屋外，从院内追到院外，我急切地奔走着；在壁炉

旁，在木桌前，从遗物上，我急切地追寻着，追寻着大师的故事，追寻着“画圣”的足迹……

心情终于平静下来了，脚步也终于在窗前停住了，我放眼窗外：山峦起伏，林木葱茏，云蒸霞蔚，好一派龙腾虎跃的圣人之气。抚摸着大师那窄小但明亮的窗台，遥望着窗外那天地间气象万千的景象，我仿佛真正地回到了文艺复兴那气吞山河的壮阔岁月，仿佛真正地看到那英俊的艺术大师满面春风地来到窗前，来到了久别的石屋。

达·芬奇，你回来了。你回来寻找什么?

哦，我懂了，一脸稚气的小达·芬奇要回家寻找自己亲爱的妈妈呀。因为母亲自茅屋里痛苦地生下小达·芬奇之后，就再也没有见过可怜的小生命，天真的小达·芬奇也就再没有机会吻过妈妈那温柔的泪眼。直到达·芬奇长大成人、成才、成名人、成大师，他无时无刻不在心里暗暗地追寻着可爱的母亲，思念着可怜的母亲。可是啊，这种追寻和思念，也只能隐藏在内心。因为小达·芬奇是私生子。当父亲抱过嗷嗷待哺的小达·芬奇后，就狠心地抛弃了他的母亲，抛得彻彻底底，以致达·芬奇终生没有实现唤一声“妈妈”的梦想。

哦，我懂了，那是一身才气的达·芬奇在寻找攀登艺术巅峰的艰难之路。小达·芬奇是可怜的，但他又是幸运的。作为职业公证人的父亲皮耶罗·达·芬奇，固然没有为儿子留下那可怜的村姑母亲，但他却非常明智而有远见地为儿子请到了一位使其终身受益的好师长——著名的画家、雕塑家维罗奇奥。师长像一盏光芒四射的明灯，将天才达·芬奇成功地引领进艺术殿堂之门，并照耀着他一生的艺术之路。

才华横溢的达·芬奇吹灭20支生日蜡烛不久，就幸运地参与了师长《基督的洗礼》的创作。当一个惟妙惟肖、栩栩如生的跪着的小天使从达·芬奇笔下跃出画面的时候，师长维

罗奇奥惊叹不已，拍案叫绝，并声称："在你画了天使之后，我不再做画家。"瞧，这天才的达·芬奇多神气——一鸣惊人！

青春勃发的达·芬奇，向艺术之巅一路挺进，一发不可收：6米之巨的弗朗西斯科·斯福查骑马塑像仰首挺立于广场之上；祭坛画《岩间圣母》是那么灵透，风景和人物浑然一体，成为绘画史上情与景、人与物和谐统一的开山杰作；壁画《最后的晚餐》竟然使两代法国国王疯狂到要把整个壁画全部搬回法兰西；具有划时代意义的传世佳作《蒙娜丽莎》是西欧艺术史上第一幅伟大的心理肖像画作，也是世界艺术宝库中最为辉煌夺目的艺术珍宝。同时，《蒙娜丽莎》的诞生，也奇迹般地改变了年轻画家和模特的人生命运！

哦，我懂了，俊气的达·芬奇已是而立之年了，到了该婚娶的金色年华了。何况他是那样英俊潇洒、闻名遐迩。他太聪明了，他太灵透了，他岂止是一位伟大的画家、艺术家。天才勤奋的达·芬奇，知识渊博，多才多艺，兴趣广泛。他曾做过军事技术工程师，设计并改造了城堡的工事；他曾作为武器装备工程师，制造了攻城炮和炸弹；他曾做过城市规划师，规划了米兰城建的宏伟蓝图；他曾做过服装设计师，为意大利贵族设计过服装。他是数学家、解剖学家、哲学家、音乐家、发明家，他还是诗人、歌手……可是，名垂青史的达·芬奇，创造出了震撼人间的奇迹，为后来人留下了价值连城的精神艺术瑰宝，却没有为自己留下一个儿女，因为很遗憾，他终生未娶。他徜徉在艺术之巅，尽情品味着人生的风雨。在他为银行家夫人描绘肖像之时，蒙娜丽莎那动人魂魄的神秘一笑，改变了多情的达·芬奇的一生，也改变了夫人的生活。为了能和夫人待在一起，他把夫人请到了自己的画室；为博取夫人一笑，他请来了诗人乐手为她诵诗弹奏；为能更长久地见到朝思暮想的夫人，他竟画了整整4年之久。那是多么浪漫而幸福的时刻，那是多么动人心扉的日子，那是多么令人心旷神怡的日日夜夜啊！直至达·芬奇的晚年，甚至卧病在床之时，他还在苦苦地

思念着她，眷恋着她，期盼能见到她。几十年过后，当他重新修复这幅魂牵梦萦的《蒙娜丽莎》，重会画中微笑的情人时，已物是人非。顿时，昔日那激动人心的情景扑面而来，达·芬奇浑身颤抖，泪流满面：啊，夫人，你在哪里？

我终于看清了，天才的大师达·芬奇老矣！一脸的憔悴，一身的沧桑，他忧郁地步履蹒跚而来，心安理得地飘然而去。他在漂泊，他在流浪。晚年的大师啊，在漂泊中寻找，在流浪中创造。

他终其一生在悄悄地寻找，寻找为其献出终生的艺术之魂，寻找终其一生未谋一面的母亲，寻找未能伴其终生的、勾心销魂的情人，寻找自己辉煌终生的归宿！寻找、期盼、奋斗伴随着达·芬奇走完他辉煌而曲折的人生！

美丽善良的蒙娜丽莎，但愿你在天堂能与日思夜盼的多情天才达·芬奇同享那人间未竟之乐！

天才的画师，伟大的画圣，您慢些走，祝您寻找成功！

一生背运的塞万提斯

人生，就是一场戏。尤其是那些名人的一生，那简直就是一部跌宕起伏、催人泪下的大戏。只是有的人一生顺风顺水，左右逢源，纵横捭阖，建功立业；而有的人一生命运多舛，左冲右突，拼搏奋争，困顿终生。文艺复兴时期西班牙文坛最伟大的小说家、剧作家、诗人米格尔·德·塞万提斯·萨维德拉的一生，就是一部最典型、最坎坷曲折、最无奈背运的人生悲剧。

塞万提斯的家乡阿尔卡拉是座历史悠久、文风鼎盛的文明古镇，距离首都马德里30多公里的路程。尽管小镇没有首都那么典雅气派、盛名天下，但它的资历却远胜马德里。且不说那一幢幢、一排排、一片片久经岁月风雨洗礼的、沧桑的古堡、塔楼、教堂、修道院……仅那座拥有500年历史的阿尔卡拉大学就令人赞叹不已。故世人笑称，马德里还没出世，阿尔卡拉早已闻名于世了。

夏日的阿尔卡拉，天特别蓝，也特别靓，蓝蓝的天上飘着朵朵白云，蓝天下是古色古香的建筑，红瓦绿树，到处洋溢着独特的魅力，令成千上万的游人陶醉。

我挥洒着一身汗水，裹挟在游人如织的大潮中，四处寻找着文学大师塞翁的故居。

穿过阿尔卡拉门，我们安步当车，很快就见到了挺立在小镇主街道旁的塞翁故居。还没跨进院门，远远看见路边长凳上堂・吉诃德和桑乔滑稽可亲的铜像我们就忍不住笑了。一群天真活泼的孩童正顽皮地绕着铜像追逐嬉闹，我们抓准机会与铜像留影纪念后便匆匆挤进了塞翁的故居。

塞翁的故居是一座两层红色小楼，面积不大，但简洁质朴，与塞翁贫困多难的人生十分贴合。因为时下正是旅游旺季，屋里屋外人头攒动。走进小楼，迎面是一个方形的天井，很新奇，很有个性。天井一角，一眼

水井挺抢人眼球。一楼是起居室、厨房和餐厅等，二楼是卧室和陈列室。热情的管理员告诉我们，这里收藏的奠定塞翁世界文坛崇高地位的大作《堂·吉诃德》的译本和版本数量为世界之最。

尽管塞翁一生著作恢宏，堪称世界文坛巨匠，但充满了无尽的艰辛和苦难。

塞翁于1547年9月29日出生在这座书卷气甚浓的小城。他父亲是个跑江湖的外科医生，为养活7个嗷嗷待哺的儿女，他日夜操劳，四处奔波，但家境依然贫寒。塞翁为生计跟随父亲行医，颠沛流离，四海为家，虽然降生在书香小城，但他也仅仅读过中学就早早与学校无缘了。

转眼间，塞翁已在苦难中磨炼成人了。23岁那年，青春勃发的他，怀揣着一腔豪情壮志，走出国门，给意大利红衣主教做家臣。不久，不甘平庸的塞翁，毅然决然地扛起了枪杆参加了勒班多海战，与土耳其人展开了一场生死搏杀。在激战中，他冲锋陷阵，勇猛无畏，三处负伤，以致被截去左手，成为残疾人。

4年出生入死的军旅生涯，塞翁以失去左手的惨痛代价，换来了一封给西班牙国王的推荐信，悻悻踏上了归国旅途。

不幸的人生，总是步步不幸。本来盼望着有推荐信，回家能够得到国王的信任提拔，甚至飞黄腾达，结果呢，归途中竟被土耳其海盗俘虏到阿尔及利亚。带着那封即将给塞翁带来福音的推荐信，竟成了海盗眼中的滔天大罪。走投无路的塞翁简直成了一只背运的困兽，刚刚脱离血与火的战场，又钻进了可怕的牢笼，失去了自由，失去了尊严，前途无望。他几次组织兄弟们奋争、反抗、逃跑，都以失败告终。

他一年又一年地经受着煎熬。9年后，已被折磨得骨瘦如柴、精疲力竭的塞翁，终于因缴足赎金而走出了阴暗的囚牢。

回家了！已是34岁的塞翁死里逃生，终于回到了日思夜想的祖国的怀抱。此时此刻的塞翁心中该有多激动啊！可是，时过境迁，身有残疾的塞翁找谁去讨说法呀？

一贫如洗的塞翁心凉了，心碎了，失望了，彻底失望了！

但塞翁没有绝望！“我没了左手，我还有右手，我还年轻，我还有理想，我要浴火重生！”塞翁非常爱好文学创作，拼体力不行，就拼智力吧！那就以卖文为生吧。自此，他丢掉一切幻想，用文学语言给商品做广告，他写诗，写小说，写剧本，养活妻儿

老小。塞翁50岁进入了创作的黄金时节，他以丰富的人生经历和高超的创作经验，开始了长篇巨著《堂·吉诃德》的写作，他用手中的笔无情地揭露社会的黑暗，诉说百姓的悲惨和苦难，抨击教会的专横。小说一经问世，即刻风行全国。

《堂·吉诃德》出人意料的成功，尽管为塞翁赢得了不朽的荣誉，但也为困境中的他带来了新的灾难。因为他的作品对社会的丑恶和教会的罪行进行了无情的揭露和批判，这引起了封建贵族和教会的憎恨和反扑。不久，一部经过精心策划的、伪造的《堂·吉诃德》续篇出笼，对塞翁进行了恶毒的诽谤和攻击。

一腔怒火、一身正气的塞翁奋起反击，他废寝忘食，连续作战，又创作了震惊世界文坛的第二部《堂·吉诃德》。以讽刺、挖苦、搞笑为特色的第二部《堂·吉诃德》问世后，竟成为人类历史上最伟大的杰作，塞翁一时间成为世界文坛之名人大家。

塞翁创作的成功并没有从根本上改变他贫困的人生轨迹。一生为生计奔忙操劳的他，一面勤奋写作，一面又在政府谋得个军需官、税吏的差事以补贴家用。但即使这样，也没有给家庭生活带来多少改善，他反而因没能缴上税款而锒铛入狱。就连这部彪炳文坛的《堂·吉诃德》部分文稿都是他在黑暗的牢狱中完成构思、写作的。

厄运，就像黑色的身影一直伴随塞翁的一生。他一家老小再次被莫名其妙地投进监狱时，经查竟是一场令人啼笑皆非的乌龙假案。

你看啊，塞翁的这一生，该有多难！一路走来，他气生了，苦吃了，罪遭了，牢坐了，厄运、背运步步相随，这就是人生，这就是名人成功成名的人生大戏啊！

1616年4月23日，贫困交加的塞翁在马德里因水肿病不治而永远告别了他辛劳奋斗一生的人世。

名人多辱，伟人多难！

艾汶河之子

雨，急一阵慢一阵、大一阵小一阵交替着慷慨地洒向被亚登森林紧紧环抱的小镇，洒向缓缓流淌着的艾汶河。

雨滴，大大小小、急急缓缓地在静静的艾汶河水面绽开一朵朵圆圆的水圈，水圈越放越大，最后与整个艾汶河融为一体，与岸边一洼洼亮晶晶的小小水湾连成一片。五彩斑斓的大小游艇在艾汶河绽开的水圈上载歌前行，不失时机地悄悄撒下一条长长的白练。黑白灰红的各色水鸟悠然自得地穿行于游艇之间，为美丽的艾汶河再添一股盎然生机。

雨水，将小镇里里外外洗刷得干干净净、甜甜美美。在鲜花簇拥的浪漫艾汶河畔，在古朴雅致的小镇入口处，高高地耸立着为世人所敬仰的文学泰斗、世界级戏剧大师——威廉·莎士比亚的塑像。

这里就是剧圣莎翁的故乡，这里就是我久慕的剧坛圣地——英国斯特拉斯福。

雨中游莎翁的故居，雨中寻觅大师辉煌的人生足迹，该是多么令人神往、令人难以忘却的记忆啊！

我急切地走下车，步入小镇，放眼望去，一路彩色，一路灿烂，一路人海。这哪里是我想象中的旧居老屋、人稀声喑的小镇呢？这里简直是花的海洋、人的海洋，是山明水秀的人间仙境。

我在极虔诚而郑重地与莎翁雕像留下了一幅终生存念的照片后，便匆匆地、不由自主地融入了参观的人流，走进了莎翁生前的老屋，走进莎翁孩童时的学堂，走进莎翁西归的教堂，也走进了莎翁辉煌曲折的人生……

莎翁——拓荒之子。莎士比亚的童年是伴随着父亲命运的起伏兴衰而欢快苦恼的。他4岁时，父亲约翰·莎士比亚走上了政治生涯的顶峰，坐上了小镇市政官的高位。这时的小莎士比亚在幸福浪漫的生活氛围中一天天长大。当他度过人生之旅的13个春秋时，父亲的命运突然发生了意想不到的转折。这年，父亲不仅不能再出席议会的会议，而且债务缠身，3年后又被狠狠地罚了40英镑。也在这一年，与莎士比亚朝夕相处的妹妹夭折西归。莎士比亚一家在苦难中苦挣苦熬。

可怜的小莎士比亚应父亲之命，无可奈何地早早走出了眷恋着的校门，极不情愿地踏进了父亲的店铺，裁皮子，剪角片……日出而作，日落而息。小小年纪的莎士比亚开始为生存而日夜劳作。

肉体的疲劳、精神的折磨，在小莎士比亚稚嫩的心灵上镌刻着灰色的印记。

时机终于到来了。1587年的仲夏，伦敦女王戏班又一次来到斯特拉斯福镇演出，在痛苦中苦苦寻觅的莎士比亚终于瞅准了这个机会，他要到剧团里谋生，他一心要走出小镇，他一心要实现自己童年的梦想，他一心要彻底改变自己的命运，用双手开拓出自己新的人生之路！

他成功了，他成功地迈出了第一步，戏班的主人收留了他。时年23岁的莎士比亚告别了父母，告别了艾汶河，信心百倍地走向伦敦，走向未来，走向他憧憬的新生活。

然而，那颗高贵的心，眼下必须忍受鄙夷的目光。

当一腔热血的莎士比亚走进英伦都市的时候，迎接他的并非笑脸、

鲜花和掌声，而是肮脏的棚屋、鄙视的目光和冰冷的脸——市民视其为异类，政府把他看作流民，同事把他当作下贱的打杂工。

莎士比亚在困境与歧视中清醒了，走投无路的莎士比亚决然地选择了文学创作的人生之路。他在偷偷地观察着百姓人生，他在暗暗地苦读古今名家名作，他在夜以继日地观察、思考、写作。3年的时光，稍纵即逝。莎士比亚送出的剧本又很快被退回到胆战心惊的他的手中。

但他没有消沉，没有停笔，他还在咬牙继续奋斗。

他最终成功了。剧作《亨利六世》问世了！1592年3月3日，沉寂多日的英伦玫瑰剧场沸腾了。莎士比亚的第一个历史剧石破天惊，上座率竟达到剧场整个演出季节的顶峰。

《亨利六世》的一鸣惊人，使年轻的莎士比亚终于认清了自己，看到了辉煌灿烂的前程。成功的喜悦鼓舞着才华横溢的莎士比亚奋力前行，他一鼓作气不停顿地开拓着人生之路，开拓着英国文坛新的天地。《亨利六世》一举成名之后，《理查三世》《理查二世》《亨利五世》《亨利四世》《哈姆雷特》《奥赛罗》《威尼斯商人》《罗密欧与朱丽叶》等传世佳作纷纷出世。他创作的激情宛如喷涌的火山，一发而不可收。他在历史剧、悲剧、喜剧领域艰苦地探索着、耕耘着，收获着成功的喜悦。黑格尔曾说：“不但在悲剧领域，而且在喜剧领域，莎士比亚是光照一切人的大师。”他以自己

妙笔生花的创作实践打破了盛行于剧坛的“三一律”模式，创造性地发展了戏剧。莎士比亚以自己杰出的创造才能和辉煌的创作成果向世人宣告：他是文坛前无古人的伟大拓荒者！

莎翁——幸运之子。莎士比亚的一生是奋斗的一生，是辉煌的一生，是非常幸运的一生。

在莎士比亚的一生中，有苦难的童年，有多难的中年，也有磨难的老年。就在他如饥似渴地苦读、成长之时，却早早地告别了校园，他留下了终生的遗憾；就在他向文坛顶峰冲击的途中，唯一的儿子不幸夭折，他痛不欲生；就在他与同行们激烈竞争时，被人诬以谋害罪而接受审讯，他愤慨至极；就在他万事俱备，即将被授予贵族勋章的时候，他被人告发，勋章停发，他无可奈何；就在他盛名远扬、如日中天之时，英国最高法院竟秘密签发了逮捕令，他简直万念俱灰……

然而，莎翁毕竟是一位伟人，是一位幸运的伟人。他终究以自己的天赋和意志熬过了这一场场难以忍受的挫折和苦痛，躲过了一次次狂风暴雨般的摧残和折磨。风雨过后是晴天。在磨难中前行的莎士比亚更加自信，更加坚强，更加成熟了。他以更大的激情，冲破一切束缚，扫荡一切险阻，一往无前地投入到终生追求的文学创作中。

莎翁是幸福的，也确实是幸运的。当他双鬓花白之时，又极识时务、不失时机地回到了日思夜盼的斯特拉斯福镇，回到了养育他的艾汶河的怀抱。当他与老妻爱女手牵着手穿行于亚登森林，漫步于艾汶河畔，尽情享受天伦之乐、成功之乐的时候，他能不感到幸运、幸福吗！

但是，再伟大、再幸运的人生，毕竟会有终结。1616年莎翁在与来访的旧友忘情地聚会之后，因出汗而着凉，不治而终。这一天正是莎翁53岁的生日。也就是这一天，艾汶河失去了一位伟大的儿子，世界剧坛失去了一位伟大的天才。

莎士比亚不仅属于一个时代，而且属于所有世纪；

莎士比亚不仅属于英国，而且属于全世界；

莎士比亚是一座丰碑，是一种精神；

莎士比亚与人民同在，与历史同辉！

我就是我

春夏之交的荷兰大地，一片翠绿，一派生机，一眼鲜亮；春夏之交的荷兰古都阿姆斯特丹，一片人潮，一派壮美，一眼秀色。

一方秀水，一方沃野，孕育一方人才。

伟大的现实主义绘画巨匠伦勃朗的故居就傲然挺立在阿姆斯特丹那幽静秀丽的街道旁。我们漫步于大师光彩夺目的画作展室中，我们驻足在大师妙手挥就的自画像前，仿佛看到他静静地停驻在自己的画作之中，深沉凝视着世间的阴晴冷暖，仿佛在思索，在追忆，在倾诉，在向远方的匆匆来客诉说着昔日绘画、生活和生存的艰辛。

伦勃朗·哈尔曼松·凡·莱因，1606年7月15日出生于荷兰弥漫着浓重文化氛围的莱顿小镇。童年的伦勃朗，还是一身奶气时，就从神奇的民间故事和人物的多彩服饰中如饥似渴地吸取着智慧和灵感。他牢牢地迷上了绘画，且立志献身于艺术，做一名大家。独具慧眼的父亲毅然支持了孩子朦胧的志向，14岁的伦勃朗在就读于莱顿大学两个月后就决然改学绘画，开始了他艰辛又漫漫的绘画征途。

匆匆迈入画坛的伦勃朗似朝阳，幸福地徜徉在人生的小道上。父亲为他精心选择导师，导师为他启蒙解惑、指点迷津。年轻的伦勃朗在导师的引导下，一步步艰辛地向艺术的高峰登攀，向人生的佳境挺进。几载奋斗，几度辛劳，他从默默无闻的小镇踌躇满志地来到了大都市阿姆斯特丹，他由委身于师长的画院到在自己梦寐以求的画室收授门生，他由复制欧洲大师的名画到自己的画作开始被学院的学生复制。一幅《蒂尔普医生

的解剖课》画作，使他一夜之间闻名于画坛。由此，达官贵人踏破门槛，订单纷至沓来，天才伦勃朗迎来了他人生和创作的灿烂辉煌的黄金时代。

1634年，在英姿勃发的伦勃朗28岁时，一位美丽纯情少女也缓缓地走进了伦勃朗的心田——名门闺秀萨斯基亚走进了这个被世人敬仰的天才画家的心里。她出身名门，父亲曾执掌市长之重权，兄弟或为律师或为达官。萨斯基亚的到来，为年轻的伦勃朗带来了丰厚的财产，带来了无穷的欢乐，带来了无尽的创作灵感。美丽动人的萨斯基亚一时成了伦勃朗笔下令人心驰神往的女神、花神、太阳和天使。一对幸福浪漫的伉俪呀，尽情享受着人生，尽情憧憬着未来，尽情开辟着绘画艺术的新天地。此时，伦勃朗淋漓尽致的艺术表现力，无与伦比的艺术才华，运用光线和阴影增添作品的厚度、力度和神秘感的水平已经达到了登峰造极的境地，成为无可争议的大师。

可是啊，可怕的时期——1642年，黑色的1642年啊，终于降临了。

昨天，是那幅《蒂尔普医生的解剖课》画作使他一鸣惊人，今天啊，一幅他最著名但并非最佳的绘画《夜巡》竟然使他得罪了无知的顾主，声誉横遭诋毁，人生坠入黑暗的深渊。

因为当时照相术还没有问世，阿姆斯特丹射击手公会邀请伦勃朗为他们绘制一幅巡警生活的群像画作，像今天的集体照片一样悬挂在同业公会的房间里。而特立独行的伦勃朗没有按照顾主平庸媚俗的要求简单地画出每一个人的肖像，而是把这画作当成一幅历史主题画来构思，他将主要人物安排在画面的显著位置，将其余的人物放在后边，把部分人放置在暗影中。这样，每个人出同样的钱，却不能在画面中获得同等地位，这引起了

他们的强烈不满，遭到公会的拒绝。为了索回画金，公会诉诸法庭，并对伦勃朗大肆进行人身攻击和中伤。《夜巡》引起的轩然大波，渐渐超出了艺术本身的争论，一些维护旧道德的无知小市民以伦勃朗曾经以他妻子萨斯基亚为模特画过一些裸体宗教题材的历史画为由，轮番对他进行肆无忌惮的诽谤和攻击。但是，倔强的伦勃朗我行我素，毅然坚持自己的艺术信念，坚持自己的艺术追求，我就是我，毫不动摇，决不修改。

黑色的1642年啊，在形单影只地与旧势力、旧习惯的斗争中，年轻气盛的伦勃朗的声誉和地位悄悄地衰微了，他的世界渐渐地崩溃了。

名人的命运往往比较坎坷。这不，祸不单行，在《夜巡》风波的阴风冷雨的冲击下，这年的6月，与伦勃朗心心相印的爱妻萨斯基亚一病不起，竟然溘然西去。不幸的伦勃朗，可怜的萨斯基亚，在他们相爱相伴的短短8年中，先后养育了4个儿女，却只有小儿子蒂图斯活到成年，其余3个都夭亡，这给年轻的夫妇留下了多少折磨和痛苦啊。今天，腥风血雨的今天，与命运抗争的今天，爱妻又撒手西归，不幸的伦勃朗有多少不幸、多少苦痛、多少辛酸要诉说，而又能向谁诉说呢。

花神、爱妻萨斯基亚的突然去世，给中年的伦勃朗以致命的打击，他滚烫的心凉了，也碎了，他赖以生存的绘画订单绝迹了，他与贵族沟通的渠道断裂了。

内外交困的伦勃朗真正地陷入了深渊，悲痛欲绝的伦勃朗自此一年多闭门不出，日夜厮守着和萨斯基亚爱情的结晶——刚满周岁的儿子。父子相依为命，度日如年。

这时，一位纯朴的农妇海尔特耶走入伦勃朗孤独的生活中。她担任了长达7年的情妇和保姆的双重角色，她及时地填补了伦勃朗的情感空白，但他们毕竟志不同而难以善终，后来仅为一枚戒指反目成仇，竟然走上法庭，痛苦悲愤地分道扬镳。

在与海尔特耶同居之时，伦勃朗已移情于新的管家、年轻美丽的亨德里克耶。但是，宗教和世俗不容忍伦勃朗爱情的萌芽，教堂法庭发出了愤怒的传唤，可爱又坚强的亨德里克耶勇敢、自豪地选择了爱情，并不惧怕教会的驱逐。伦勃朗再次获得幸福，亨德里克耶带给他极大的安慰。她一边抚育伦勃朗前妻的幼子，一边为伦勃朗充当模特。女儿科尔内利娅的诞生为不幸的画家及时地带来了些许的欢乐。

但是，欢乐和幸福只是短暂的，而不幸和苦痛如影随形。此时的荷兰就像伦勃朗的家庭一样步入空前的困境：与英国争夺海上霸权的战争耗尽了国力，经济陷入大萧条。因国势动荡、民不聊生，伦勃朗的绘画订单愈来愈少了。绘画有术、理财无方的伦勃朗痴迷于艺术收藏，生意亏空，官司缠身，债务累累。为了抵债，为了生存，为了艺术的追求，1660年伦勃朗忍痛将全部收藏品和家产拍卖，但仍难以偿还所有的债务。这年，贫困潦倒的伦勃朗无奈举家迁至一所简陋狭小的民居中艰苦度日。

不久，相依为命的爱妻亨德里克耶又先于伦勃朗病逝。接着，唯一的儿子蒂图斯于病中举行婚礼，半年后英年早逝，新婚不久的儿媳在生下遗腹子短短数月后，抱着嗷嗷待哺的婴儿含泪病逝。

亲人的相继逝去、友人的接连分手、爱情的失落、事业的失意，使晚年的伦勃朗受尽了人间一切挫折苦难，品味了社会一切世态炎凉，陷入了极端悲惨困苦的境地。

人生啊，人生！人生是什么？人生是一种探险，人生是一趟苦旅，人生是一次炼狱，人生是一场噩梦！不是吗？凡人是如此，名人亦如此！

然而，伟大的艺术大师伦勃朗，与命运抗争，与世俗抗争，与自己抗争。“我就是我。”“我是磨坊主的儿子，哥哥是皮鞋匠。即使用世界上所有的丝绸锦缎，所有的雀毛花边加在我身上，都丝毫不能改变我。”

这就是伟大的艺术家的宣言，这就是磨坊主天才儿子的骨气，这就是年迈的画家的呐喊！

装饰市政厅的画作，1000盾的订单，货主不满意，他分文不收，但决不修改；又一幅木版肖像画作，货主不满意，拒不付款，他依然故我。愈穷愈坚，越苦越强，越难越硬。

刚强的伦勃朗，没有迎合，没有屈服，没有消沉，没有止步。他在困境中艰难勇敢地探索着，他在逆境中发愤创作着。无数的打击和不幸在伦勃朗心灵深处愈加激发出一种无形的创新精神，他发誓要走出一条自己的独特之路，他要竭力表现绘画似乎无法表现的东西——人的内心世界。

伦勃朗是一位真正伟大的艺术殉道者。他不媚俗于时尚的流行品位，他不屈服于命运的摧残和磨难，他不为金钱而折腰，他不趋炎附势，他恪守艺术的原则和品格。“比金钱更重要的是名誉，比名誉更重要的是自由。”晚年的伦勃朗尽管长期蜗居于阴暗的小屋，但他独具一格的绘画艺术却“以黑暗绘成光明”。他更加珍惜所剩不多的创作时光，他的艺术语言更加炉火纯青，他对人生和社会的认识更加敏锐和深刻，因而，他的作品更加伟大而永垂不朽。

1669年10月4日，这位17世纪荷兰画派的伟大先驱、杰出的艺术大师，在饱尝了人世间丧亲、贫困、攻讦、孤独和冷遇等诸多不幸之后终于闭上了他深沉睿智的双眼。当他挥泪告别充满了磨难和苦痛的人生的时候，他的身旁只有几件破旧的衣衫和朝夕与共的画具，他被草草地掩埋在早逝的儿子的墓旁。

吝啬的上帝啊，给予这位不幸画家的丧葬费仅是13盾——只相当于埋葬一个乞丐的花费。然而，他却给人类留下了价值连城的宝贵的文化遗产：500多幅油画，250多幅铜版画，1500多幅素描和他那坚强不

屈、坚韧不拔、愈穷愈坚、自强不息的伟大精神。

历史毕竟是公正的。昔日，伦勃朗贫困孤苦地死去，但今日，他却是满载荣誉，享有人类永远铭记的荣光。

Rembrandt Corner

苹果树下

时间，真是伟大——它最终成全了我少时遥远的梦想。

2010年10月的一个深秋的早晨，英伦大地，落叶缤纷，山川到处弥漫着清新的气息。晨雾笼罩下的小小村落——英国林肯郡伍尔索普村，一身轻纱素裹迎来了我们一行远道而来的不速之客。

伍尔索普村是一处绝佳的风水宝地，一处圣地。它是17世纪最伟大的科学巨匠、近代科学的鼻祖、百科全书式的“全才”科学大家艾萨克·牛顿的出生地，也是万有引力定律诞生的地方。

伍尔索普村不大，但挺古老，屈指一算已有数百年的历史了。伍尔索普村挺偏，但名气不小。自从科学巨匠牛顿成名之后，这偏僻古老的小小村落也随着声名鹊起，游者如云。

此时，晨雾已缓缓散去，阳光普照。放眼望去，山村容颜尽显，山路蜿蜒，丘陵逶迤，山间浅谷中林木与民宅相间，错落有致，非常雅致，十分静谧。

牛顿的故居老宅就在村头的一个漫坡隆起的山丘上，一条几十米长的窄窄的土路逶迤而上。牛顿的老宅在土路的尽头，高大敦实，古老经典，坐东朝西，屋墙是灰白色的，暗黑色的屋顶左右两端烟囱高耸，南北屋窗户犹如6只大眼窥视着外面风云变幻的大千世界。走进牛顿的故居，映入眼帘的是卧室、餐厅、厨房以及介绍牛顿工作、生活的实物和图片资料等。

1642年的圣诞节，牛顿就降生在这栋石砌的小屋。

牛顿祖上是自耕农，他从小家境贫困，命运多舛。他出生前3个月父亲就去世了；因为早产，他童年瘦小；两岁时母亲改嫁，他由外祖母抚养；3年后继父病亡，母亲带着3个孩子又回到了牛顿身边。由于家庭连遭不幸，生活困难，母亲希望牛顿长大后继承父业，做个能养家糊口的农夫。后经舅舅多次劝说，牛顿才得以入学读书，以至后来成为剑桥大学的骄子。

其实牛顿并非天才，他小时候并不出色，学习成绩平平，不为世人所注意。但他善于读书，勤于思考，更喜欢动手做些奇特的小实验、小发明。

牛顿常常一个人坐在卧室望着窗外的果园沉思。

说起果园，其实，园子不大，树不多，景致也不美。但是，这里却充满了生命的活力和自然的和谐，是产生迷人故事的地方。

果园在牛顿家对面，我们出门抬脚跨过矮矮的栅栏门就进了园子。果园围着一圈破旧的木栅栏，大约有两三个篮球场大小。地上自由自在地长满了野草，草不深，草间偶尔钻出几朵摇着彩头的野花。十几棵苹果树无规则地分布其间，落叶过半，红红的苹果高高地挂在枝头，秋风中似盏盏灯笼空中舞动，别有一番情致。

牛顿对自家的这片果园情有独钟，一往情

深。他辉煌的人生就是从这里启步，从此走向人生之巅的。

1665年，英国伦敦爆发了一场灾难性的大瘟疫。当时牛顿就读的剑桥大学，因距离疫区太近便停课放假了，这一放竟然将近两年的时间。年轻学子牛顿于当年6月回到了家乡伍尔索普老宅。在家乡的两年间，是牛顿一生中创造力最活跃的时期，也是他人生的黄金岁月。

由于牛顿在大学受到丰富的科学知识的熏陶，对探索未知世界充满了浓烈的欲望，两年中，他利用家乡安静、自由的环境，如饥似渴地钻研、思考着，他思潮奔涌，才华迸发，以无比旺盛的精力、丰厚的知识积累，思考着前人从未思考的问题，迈进前人从未涉足的领域，创造了丰硕的业绩。他一生的三大成就——微积分、万有引力定律和光学分析的思想，都是在这一时期孕育形成的。

在我读中学时，读到牛顿这个伟大的名字时，就对牛顿的刻苦勤奋、渊博学识、不息的探索精神，以及无与伦比的伟大贡献产生了无限的崇拜和敬仰。从那时起我就天真地梦想着，期盼着，有那么一天能来到他曾经生活的家乡、就读的学堂或长眠的墓地，向这位开辟了大科学时代的伟人倾吐心声，表达敬仰之情。

而今盼望已久的梦想终于实现了，我踩着松软的野草，沐浴着金色的秋日阳光，轻轻地默默地来到了牛顿曾经悟道的苹果树下，来到了那棵创造了神奇故事的苹果树下。果树一身沧桑，枝繁叶茂，干指青天，状若虬龙，这是一棵圣树，一棵功勋之树！

我久久地伫立树下，望着树上那鲜红的果实，心潮奔涌，思绪飞扬……

哦，那是一个夏末秋初的晴日，23岁的青年才俊牛顿披着一身的晚霞，夹着一卷厚重的书籍，走进了门前的这片果园，在果树下坐定，开始了他一天的又一个读书的时刻。当他正沉浸在知识的海洋中时，一个鲜红的苹果落下了，落在了思考中的牛顿头上……一个伟大的故事诞生了，一个震古烁今的伟大发现——万有引力定律诞生了！

晚年的牛顿对60年前在果树下发生的故事依然记忆犹新、念念不忘。

是啊，大自然的万物都是有灵性的。你看，黄帝陵那莽莽苍苍的古柏群是始祖的至爱，佛祖浴池旁高大的菩提树是释迦牟尼的至爱，孔庙前苍翠的手植桧是孔圣的至爱。他们穿越遥远的时空，年年岁岁用慈悲和辉煌守护、成就着一位位伟大的智者。那么，牛顿门前这苍劲的果树不也是成就了他的至爱嘛！

这是社会之道？自然之道？生命之道？

人，终究是要走的。1727年3月31日，85岁高龄的牛顿溘然长逝。

西敏寺的墓碑镌刻着：让人们欢呼这样一位多么伟大的人类荣耀曾经在世界上存在。

人已去，梦还在，巨人长存！

爱情是什么

五月的欧洲，雨特别频繁，特别急，还特别随意，下一阵，停一阵，停停下下，随意挥洒，全无顾忌。我们寻访德国伟大文学家约翰·沃尔夫冈·冯·歌德故居时，日行千里，一路雾水，时有暴雨。当车悄悄驶入德国法兰克福，徜徉于美丽浪漫的美因河畔时，夕阳如火，彩霞似练，一条绚丽的彩虹横空出世，霎时全城灿烂，一片辉煌。我们的心，顿时为之一震，一扫千里之行的焦虑和疲倦，不知不觉地融入了这美丽神奇的名城，融进了这座闻名遐迩的故居。

歌德的故乡法兰克福是一座历史悠久、声名远播的文化名城。静静流淌的美因河穿城而过，歌德的故居就安静地站立在离河岸不远的社区里。

童年的歌德是非常幸福的，美因河上漂荡的小船和随船洒下的阵阵歌谣，给天真的小歌德带来了无穷的欢乐和记忆！

童年的歌德是幸运的、富有的，歌德很小的时候，外祖父就已经是法兰克福大权在握的一市之长，父亲在青春年华就取得了法学博士学位，母亲热情、乐观而浪漫。

小时候的歌德最喜爱的还是故居三楼的那间安静的小屋，他常常独自爬上楼梯，静静地待在那里，遥望四周迷人的景色：古老的城墙，七彩的花园，翠绿的原野以及那日出日落变幻无穷、多姿多彩的霞光，这些都令小歌德心驰神往，终生难以忘怀。

一方水土，养育一方人。美因河畔那奇妙浪漫的自然人文景致，注定要铸造一代风流才子、浪漫诗人。

爱情是歌德人生之旅中最不堪回首的往事，也是他终其一生孜孜追求的目标。爱情曾经给予他不尽的欢乐和幸福，但爱情给予他更多的却是痛苦和不幸，是不尽的苦恼和忧伤。正是那一次次激动、一次次相恋、一次次失望、一次次痛苦，使他一次次发愤创造，一步步攀向文学的辉煌极顶。

相恋——相爱——失败——痛苦——创造——成功——成名，就是依照这样的人生轨迹，歌德在他每一次的相恋相爱中演绎出情真意切的故事，又在每一次失望痛苦中创造出动人心扉的名篇巨著。

爱情是什么？爱情是一泓苦水。

斗转星移，春去冬来。天真烂漫的小歌德在母亲温柔的怀抱中长大了。1765年，年方16岁的少年歌德应父亲之命，告别了家乡，孤身一人来到了素有“小巴黎”之美称的莱比锡攻读法学课程。大学刻板乏味的生活，使青春勃发的学子歌德倍感远离家乡的孤独和失落。就在歌德生活失意的时候，他常常做客的饭店的老板女儿——19岁的美丽姑娘安妮特，悄然卷进了歌德初恋的漩涡。一个是苗条可亲、聪明伶俐的怀春少女，一个是满怀抱负、才华横溢的大学才子，真可谓天作之合。这对情投意合的初恋情人，一个吹笛，一个弹唱，一块出入剧院，一同排演戏剧，两相狂热地爱恋着，期盼着。

但是，爱情像一把双刃剑，有多少幸福和期望，大概也就有多少痛苦和失望。他们在相爱中争吵，又在争吵中相爱着。宽容、忍耐毕竟是有限的，相恋两年的情侣，终于在安妮特失去耐心之后，在痛苦中恋恋不舍地告别了。

在他们相爱的日日夜夜，诗歌成了歌德表露激情、表达心迹的最佳工具，他以火一般的情感创作发表了他人生的第一部诗集《安妮特》。全诗情深意切，表达了青春年少的歌德对爱情的渴望、眷恋和失恋的巨大痛苦。

热恋到失恋，相恋到相别，这是一场交织着幸福和痛苦、激情伴着激愤的短暂的春梦。失去的已经失去了，梦境中的毕竟不是现实的。从梦境中醒来的歌德，长时间沉浸在失恋的痛苦中不能自拔，在这年一个寂静的夜晚突然大量咯血，他不得不中断学业，病退回乡。

失恋的折磨使这位才华横溢的浪漫才子饱尝了爱情的苦水而跌入人生苦旅的低谷。

爱情是什么？爱情是一汪蜜水。

天生多情的歌德终于满怀信心地走出了人生的低谷，终于精神抖擞地完成了大学学业，终于理直气壮地做起了律师的事务。又是遵从父命，歌德于1772年再次告别家乡，来到了韦茨拉尔高等法院进修实习。但是，此行的歌德却是彻底地辜负了父亲的期望，4个月的实习期，竟然连捆在箱子里带来的法律书籍都没有打开过，法律知识没有丝毫的长进。但是，歌德与夏绿蒂·布甫爱情的蜜水却培育了这位“狂飙突进运动”的主将，创造出震惊世界文坛的杰作——《少年维特的烦恼》。

这段像名著一样流传千古的文坛爱情佳话，是从歌德去韦茨拉尔郊外参加一次舞会时徐徐拉开帷幕的。

19岁的夏绿蒂情窦初开，俏丽温柔，鲜亮夺目，令青春盎然的歌德一见钟情。他为讨夏绿蒂的欢心，有空就赶到她家的牧场伴她玩耍，陪她漫步，给她读荷马诗篇，帮她忙活家务。他对夏绿蒂的爱恋炽烈得几乎到了不能自拔的地步。

漂亮而理智的夏绿蒂尽管十分喜爱歌德，但她早已许配给克斯特纳，且两人相交亦深。她给予歌德的只能是友谊，而绝不能是爱情。既如此，怎能朝秦暮楚，三心二意呢！

歌德的心情极其复杂、痛苦，原本日夜追求的爱情竟毫无希望，她竟是自己心爱的朋友的未婚妻。在这友谊与爱情、欢乐与痛苦、希望与失望的矛盾中，几经斗争、几度挣扎，痛不欲生的歌德终于做出了艰难的、最后的抉择——远离韦茨拉尔，远离夏绿蒂。

在恋恋不舍地告别夏绿蒂之后的痛苦的日子里，歌德日复一日地怀念着

那相恋相爱的甜蜜岁月，夏绿蒂那俊美的身影时时闪现在脑海里，伴其左右。创作的激情日甚一日地撞击着他青春的心扉，歌德终于怀着一腔炽烈的情感，闭门谢客，昼夜奋战，一气呵成，经过4周呕心沥血的奋斗，一部轰动世界文坛的伟大传世杰作《少年维特的烦恼》问世了。歌德终于登上了文学之巅，与荷马、但丁、莎士比亚等世界大文豪齐名。歌德收获了爱情带来的丰硕果实。

爱情是什么？爱情是一潭圣水。

漫漫岁月无情地使多情的才子歌德缓缓地度过了74个春秋，但暮年的歌德并没有古稀老人的老态龙钟，身板依然笔挺，眼睛依然炯炯有神，体力和智力依然不减当年，心底里依然燃烧着爱情的火焰。你看，这位古稀老人竟然又向一位名叫乌尔里克的19岁的少女发起了激烈的求婚攻势。

乌尔里克姑娘曾经是歌德昔日情人的女儿，她长着一头棕褐色的卷发，有一双湛蓝迷人的大眼睛。歌德是在度假中偶然与姑娘相遇的，结果两人就再也无法分离了。歌德寸步不离地陪她散步，伴她歌舞，给她朗诵作品，为她讲故事。爱情如一潭圣洁的春水，果真会使人爆发出超然的精神力量，已是耄耋之年的歌德返老还童，青春盎然，在爱情的激流中，劈风斩浪，奋勇向前。他决心再恋爱，他决心与姑娘完婚，他决心让黄昏之恋灿烂夺目，光照人间。

尽管爱情是圣洁的、美丽的，但老人与少女的爱情却是世俗所不容的，舆论不容，家人不容！这不，儿子发难了，自爱妻克里斯蒂娜去世后，一向和睦的家庭顿时笼罩着一片争吵的愁云。

在争吵与痛苦中，满腔激情的歌德退却了，他病倒了。爱情，伴其终生的爱情，在悲愤与眷恋中黯然终结了。

病床上，歌德又重新捧出了诗作《玛丽恩巴德悲歌》，这是歌德晚年用心血吟唱的最著名的爱情之歌。歌德用大字端端正正地把它抄写在精选的稿纸上，守护至终。

尽管如此，既然爱情不在了，生命何存！

小岛大帝拿破仑

拿破仑·波拿巴是古今中外极不缺故事、极善于创造故事的政治人物，从他诞生的那天起，波澜壮阔、扣人心弦的故事就伴随其非凡的一生。

他退居厄尔巴岛、十月“怀胎”、东山再起之谜，今天说来依然令人感到惊心动魄，引人入胜。

在浩瀚无垠的地中海之北，在湛蓝的第勒尼安海和利古里亚海之间，有那么一串珍珠般的岛屿洒落于大海之上，其中面积最大者即厄尔巴岛。

厄尔巴岛，说其大，其实也不大，只有区区200多平方千米，常住人口3万多人。小岛虽小，但名扬天下，不仅因拿破仑大帝在此退居十月，还因其天光水色美轮美奂、山风海韵壮美而个性，实在令人陶醉！

那是个炎炎的夏日，我们自罗马驱车匆匆赶到皮翁比诺码头，时间刚好十点。烈日下，码头上只有海浪拍岸和海鸥吟唱的声音。从码头到厄尔巴岛只有几十分钟的航程。导游告诉我们，小岛之所以如此俊美，传说是美神维纳斯的珍珠项链坠落大海而化作此岛屿的缘故。因为群岛太美，所以自古以来这里就是海盗、强人施展拳脚的角斗场，为此这个小小的港湾留下了许多恐怖而神秘的故事。

少顷，一声笛鸣划破长空，豪华渡轮起航了，船尾随即绽开一串浪花，一群海鸥追逐而来。海风轻轻地吹，渡轮缓缓地行，蓝天白云下，傲然挺立于大海中的厄尔巴岛越来越近了。

“看，那就是拿破仑曾住过的地方！”

循着导游指引的方向远远望去，小岛上山岗起伏，树木葱茏，风景如画，灰色的建筑群落若隐若现地跃入我们的眼帘。

弃舟登车，我们沿着蜿蜒而上的海岛公路匆匆前行，一会儿车在一座大门前停下。导游说这就是我们迫切想拜访的拿破仑别墅。别墅庭院很大，院内沿山坡不规则地分布着各种风格的建筑，因管理失当，又加上海风山雨常年的洗礼，已是一派颓废景象。迎面的草坪前肃穆地挺立着一幢两层的灰色小楼，很矮，也很简朴，但挺长，这就是当年拿破仑和家人在此的住处。导游说，在对面陡峭的山岗上，拿破仑还有一处乡间别墅，环境优美，别具一格。

眼前这座别墅本来是时任佛罗伦萨执政官的梅迪奇早年修建

的，拿破仑突然到来后，就暂住此处。后来他又从法国请来了建筑工人进行了一番改建装修，这里便成为小岛上名副其实的别墅“宫殿”了。

拿破仑入住之后，将随行的母亲和妹妹安排在楼上，将一楼设置成他读书、办公、接待客人和休息的地方。我走进小楼，望着拿破仑当年被流放、败走孤岛时居住之处的床铺、沙发、桌椅、图片、画作等，心里不禁一阵酸楚。人生啊，就是一场赌博，充满了多少变数，对于身处政坛惊涛骇浪中的拿破仑来说，那不正是一场惨烈的赌场败局吗？

我们怀着沉重的心情默默地走出了庭院，又在一块刻有“拿破仑自1814年5月5日至1815年2月26日生活在这里”的石碑前停下了。导游一字一

顿地向我们讲述了拿破仑当年发生在这里的故事。

拿破仑1769年8月15日出生在科西嘉岛阿雅克肖城的一个没落的贵族家庭。慧眼识人的父亲在拿破仑10岁时就将他送进了军校接受军事教育。自小就展现出军事天赋的拿破仑，刻苦攻读，学业一路精进。他16岁时被破格晋升为炮兵少尉，24岁指挥土伦战役崭露头角，晋升陆军准将，不久兼职巴黎卫戍司令。具有“战神”之誉的拿破仑，自此在人生的征程中，顺风顺水，斩关夺隘，冲锋陷阵，一路凯歌。他势如破竹，五破反法同盟，先后打赢50多场大型战役，创造了彪炳史册的军政奇迹。他在45岁时，成功加冕称帝，登临人生之极顶。

就在拿破仑的事业如日中天之时，他野心勃勃地东征俄国，结果一败涂地。接着声势浩大的第六次反法同盟卷土重来。1814年3月3日，巴黎被盟军占领，法军无条件投降，拿破仑被迫退位，保留“皇帝”称号，却被流放至厄尔巴岛。

1814年5月3日下午6时许，一败涂地的拿破仑在英军的严密监视下被押解到厄尔巴岛。

身陷孤岛的拿破仑，亲人被囚禁，妻子背叛，自己一度横遭暗杀。但“欧洲雄狮”拿破仑，不死心，不绝望，坚信人生“最困难之时就是离成功不远之日”。他日夜关注着时局的发展，以寻机东山再起。

不久，他获悉维也纳反法同盟会议为争夺各自利益而剑拔弩张，重现分裂迹象。巴黎民众也不满波旁王朝的黑暗统治，反抗斗争日益激烈。拥有雄才大略的拿破仑，终于看到了曙光，看到了希望，时机到来了！

拿破仑即刻召集部下，迅速组织起一支战斗小队，秘密将自己的军船涂成英国军船的颜色。1815年2月26日，星期天，夜幕降临后，趁监视他的英国军官回国、警卫队休息之际，他率领1000多名官兵，分乘6条小船，偷偷渡过海湾，神不知鬼不觉地逃离了厄尔巴岛。

一路上，反攻出奇的顺利，各路军队在他崇高威望的感召下，纷纷倒戈投降，加入反攻的战斗行列，一路势如破竹。3月20日，拿破仑不费一刀一枪，返回首都巴黎，重登帝位，开始了他最后的，也是悲哀的百日统治。

厄尔巴岛是拿破仑的流亡之地，也是他生命最后的圣地。他反攻成功了，胜利了。但是，“拿破仑是他自己命运的产物，而非自己命运的创造者。他注定失败，也注定不朽”！

不久，第七次反法同盟在滑铁卢与拿破仑展开了惨烈的决战。结果，拿破仑完败，百日王朝彻底垮台。

一生叱咤风云、不可一世的欧洲霸主拿破仑终于走到了事业的尽头。1815年10月，彻底绝望了的拿破仑被流放到大西洋的圣赫勒拿岛。

5年半后，1821年5月5日，拿破仑在圣赫勒拿岛中毒而亡，享年52岁。

19年后，1840年12月，当拿破仑的遗骨运抵巴黎，90万巴黎市民冒着风雪严寒挥泪迎接法兰西民族伟大的英雄、令人敬仰的亲人回家。

伟大的文学巨匠雨果无限感慨地说：“失败反把失败者变得更崇高。倒

了的波拿巴仿佛比立着的拿破仑还高大些。”

英国首相丘吉尔说：“世界上没有一个人比拿破仑更伟大。”

是啊，伟人评说伟人，至爱者，知音也，至理也！

湖畔放歌

又一个春意融融的五月，又一个阳光灿灿的春日，又一次与天才诗人娓娓对话。

西方文学中伟大的自然诗人、英国浪漫主义诗歌的开山宗师、“湖畔派”诗人领袖威廉·华兹华斯的家乡，是一片翠绿的山地，是一片湖水环抱的山地，是一片远离尘嚣的迷人的山地。

在这湖光山色辉映间，在一座座错落有致的民居簇拥中，坐落着一幢陈旧雅致的石砌小楼——诗人华兹华斯故居。小楼不大，小院不宽，小门窄窄的，石片薄薄的，院墙也是矮矮的，一切都是那么谦恭、那么安静、那么和谐。透过斜射进小屋中的暗暗的光线，透过那静静的卧室、写作间、厨房，透过诗人当年件件生活和创作用具，我们仿佛又回到了那热情奔放的18世纪的最后一年，仿佛又听到了诗人和亲爱的妹妹多萝茜乔迁新居的欢声笑语，仿佛又看到了“湖畔派”诗人们酬酢唱和、吟风弄月、悠闲自得的场景。

华兹华斯，一个被踩在脚下的名字。

18世纪70年代的一个春日，位于英格兰西北角的坎伯兰郡的科克茅斯安然地降生了一个非凡的婴儿，其母亲即刻预言：这是个极端人物，或是最好的，或是极坏的。

知儿莫如母。孩子——华兹华斯的一生，应验了母亲的预言，他成长为一个极端天才伟大的人物。不过极端人物的长成，必然经过极端的锤炼。这不，就在天真活泼的小华兹华斯忘情玩耍于湖光山色之中的时候，母亲早早地告别一群幼小儿女，撒手西去了，这年华兹华斯降生仅仅8个春秋。注定命运多舛的华兹华斯13岁那年，做律师的父亲竟也丢下嗷嗷待哺的四儿一女，壮志未酬，英年早逝。小小的华兹华斯早早地失去了母

亲的呵护、父亲的教诲，早早地品尝了世态炎凉。失去双亲后不久，孤苦伶仃的华兹华斯随之失去了同胞手足的关爱，他们分别被几家亲戚监护，分别住在几处生活。没有了父母的呵护，没有了兄妹的关照，没有了昔日的欢乐，寄人篱下的华兹华斯，受尽了屈辱和磨难。外祖父的咒骂、姊妹的苛刻、舅舅的嫌弃、佣人的冷眼，使可怜的、倔强的华兹华斯常常与泪水相伴、与星辰相对、与风雨相诉。命运的不幸、生活的贫寒、精神的打击，并没有使年少的华兹华斯颓废和沉沦，苦难和屈辱更加锻炼了年少的华兹华斯，使他在不幸中探索，在逆境中成长。

天才华兹华斯走出了哀怨和不幸，寻找时机回归家乡的田园，回归纯朴的自然，回到自然母亲的怀抱。他挥舞着青春的臂膀，冲进暴风骤雨；他沐浴着绚烂晚霞，徜徉在田间湖畔；他身披繁星，漫步在山河密林。他同小鸟对歌，他与野草对话，他和大地拥抱。肃穆的湖光山色，纯朴的田园庭院，淡淡的雾霭，嘤嘤的鸥鸣，白白的羊群，绿绿的草原，大自然的美景使华兹华斯忘却了生活中的愁苦，乡间的纯朴敦厚医治了世态炎凉给他的心灵造成的创伤。青少年时期的华兹华斯是不幸的，但他家乡美丽的自然风光补偿了他在物质、亲情上的缺失。他热爱大自然，他崇敬大自然，他要挥毫作诗放歌赞美大自然。他发誓要以自己的才华和勤奋成为一位伟大的自然诗人。

独具只眼的华兹华斯毅然放弃了剑桥大学的考试，放弃了艰苦奋斗数年的追求，他决然确立新的人生目标，他要走向社会，走进自然。他先来到了革命圣地法兰西，后回到了养育自己的可亲的故乡。神采飞扬、才气逼人的华兹华斯，没有预科，没有训练，没有学徒期就直奔主题，直奔诗人的目标——诗坛极顶而去。他隐居湖畔田园，迅即进入了创作的丰收期和巅峰期。著名的自然与哲理诗《丁登寺》发表了，与友人同心合作的《抒情歌谣集》问世了，自传体长诗《序曲》动笔了。然而，独辟蹊径的华兹华斯的伟大诗篇，并没有获得时人的青睐，更没有赢得诗坛的认同，获取的竟是一连串的、无休止的非议和攻击，因为一部分古板传统的英国读者“喜食”古典主义的胃口，何以能接受这些独具创造性的、浪漫主义的鲜美佳肴。诗风对立的诗圣拜伦对其发出不屑一顾的嘲笑，时为英伦第一畅销诗诗人的司格特不时发表阵阵微词，权威杂志《爱丁堡评论》也对新生的杰作不置一词，评论界甚至毫不留情地将其贬驳得一无是处。初露锋芒的华兹华斯刚刚迈步于诗坛，刚刚领略人生与社会的底蕴，就遭遇了疾风骤雨般的轮番冲击和摧残。

但是，坚强自信的华兹华斯没有妄自菲薄，他坚信自己的才华，他坚信自己的追求，时人不欣赏他，正证明他独特的诗作超出了时人狭隘的欣赏习惯。

华兹华斯，一个辉煌的名字。

桀骜不驯、血气方刚的华兹华斯生来就是一个独特创新、求新求变的人。一本薄薄的《抒情歌谣集》问世时，他不过是一个涉世不深的28岁的青年，尽管此前他已发表过些许短诗，但真正以一个天才诗人的名义，理直气壮地傲然挺立诗坛的标志是这本集子的问世。这时的诗人对自己一生的文学追求已是成竹在胸。当诗集又一次再版推向社会时，他那毫不畏惧的洋洋洒洒序言，标志着浪漫主义新诗歌向古典主义旧诗歌的全面宣战，标志着一种崭新的浪漫主义诗歌的诞生，标志着在英伦西北那片神奇的山地将升起一颗璀璨的文坛明星。

在那向诗坛崇高的极顶发起冲锋的日日夜夜，在那伴着嘲讽、曲折但又充满着激情和欢乐的日日夜夜，一身才气的华兹华斯常常携手诗友亲朋，星夜出游，漫步湖滨，诗兴大发，吟唱月下，妙语连篇，字字珠玑。此时此刻的诗人宛如仙人一般逍遥快哉，此时此刻诗人的境界与自然的神韵达到无与伦比的融合，此时此刻诗人在灵魂的家园播撒的金色种子终于结果成熟了。承载着113首新作的诗集出版了，耗尽一生心血的自传体长诗《序曲》这一13卷8500行的鸿篇巨制宣告竣工了。在短短的数年中，华兹华斯创作了数不胜数、美不胜收的诗作、力作，这些杰作以多姿多彩的形式和内容，深情地表达了诗人对人生、自然、宇宙的深切感悟和思考，既有诗人对湖光山色、田间庭院美妙韵致的体验，也有诗人对儿时梦幻的追忆。

历史毕竟是历史，漫长而又公正。曾经对华兹华斯痛施棒喝的英国诗坛名宿罗伯特·骚塞终于感受到华兹华斯的才华和功力，写下他赞誉的文字："他有一天会成为诗中之圣，继莎翁之后享名于古今文坛。"

天才总是与众不同，时间是最好的价值衡量器。自信的华兹华斯风景画般的诗篇，经受住了时间的检验，渐渐得到世界人民的喜爱和赞许。实践证明了诗人的许多诗篇是传世佳作、不朽华章。

1820年是华兹华斯最幸运的一年，也是诗人命运发生根本性转折的、最刻骨铭心的一年。

这年，华兹华斯的又一部诗集《德温河》像往常一样悄然问世。但是大出诗人意料的是，诗集刚刚面世即获得好评，迅速轰动诗坛。华兹华斯终于成功了，终于成为诗坛骄子，历经逆境与清苦的华兹华斯终于享受到这份迟到的荣光。20多年来，华兹华斯在人生的征途中经受了多少不幸和磨难，在文坛上遭受了多少打击和苛责。但是啊，桀骜不驯的华兹华斯一直咬紧牙关，承受着凄风苦雨的折磨和不为社会承认的苦痛，他毫不畏惧地顶住压力，坚定不移地朝着自己的终生奋斗目标高歌前行。苦难终于过去了，成功终于降临了。50年的风风雨雨，50年的酸甜苦辣，50岁的华兹华斯奋斗了大半生，沉寂压抑了几十年，终于听到了日思夜盼的声音："究竟谁是当代诗坛巨擘，是拜伦抑或华兹华斯？"激进派诗人如利·亨特称赞他为赞美大自然的新型诗歌的开创者和领袖。

媒体忙着采访，读者忙着索要签名，商店忙着兜售诗人塑像，昔日卑

Dove Cottage

微的无名之辈，一夜之间成为圣人，成为社会名流贵人。

华兹华斯的晚年是一个落日熔金、辉煌成功的晚年，是得到人们迟到的但真诚尊敬和爱戴的晚年。晚年的华兹华斯已非昔日被人踩在脚下的华兹华斯，他威震英国，声名鹊起，显赫一时，各种荣誉纷至沓来，牛津大学、剑桥大学分别赠予诗人荣誉学位，母校剑桥大学还挂起了诗人的半身像以示荣耀。慕名而来的人更是络绎不绝，就连权倾一世的亚德莱皇后也亲临诗人的山庄以示关爱。1843年，前任“桂冠诗人”骚塞逝去后，77岁的华兹华斯被英国政府授予“桂冠诗人”的荣誉称号。

历史浩荡，大浪淘沙，有人像流星飞天，稍纵即逝；有人像恒星长存，光耀千秋。尽管华兹华斯为人、诗作至今依然有着各色的声响，尽管华兹华斯的中年成名与巨变的社会时尚不无关系，尽管华兹华斯独撑诗坛是因英俊们纷纷先他而去，但华兹华斯那久经岁月检验浇铸的领袖地位，必似恒星久存，光照寰宇。这是因为华兹华斯拼其一生的诗作和理论，如同一道闪电撕裂了千年文学的陈规禁锢，如同一声春雷震惊了当时的诗坛，如同一片花圃散发着浪漫主义新诗的芳香和灵气。

这是华兹华斯的伟大创造，这是华兹华斯的不朽功绩，这是华兹华斯的永恒荣耀。

农耕是一支歌，
田园是一首诗，
自然是一幅画，
威廉·华兹华斯是一座丰碑。

走好啊，贝多芬

奥地利维也纳，金色浪漫的音乐之都，它是乐圣路德维希·凡·贝多芬的第二故乡，是他告别家乡波恩追寻自己梦想的圣地。在这里，就在这一处处幽静古老的住所中，他演绎出了一部部最为辉煌，也最为凄婉的人生交响乐章。

故居中静静的庭院、默默的乐琴飘荡着的别样气息，暗暗引领着我们这些异乡游子走进他那波澜壮阔、命运多舛的生命旅程。

他5岁时初露音乐天赋，7岁登台表演，10岁开始写第一部交响曲，一生没有念过一天中学课程，全凭智慧、天赋和勤奋，最终成为撼动世界乐

坛的音乐巨人。他就是乐圣贝多芬。

1792年，22岁的贝多芬带着激情和理想，带着友人的嘱托和期望，第二次闯进了这座欧洲音乐重镇、当时奥地利公国的首都维也纳。

金色的维也纳是美丽的，乐都维也纳是神圣的。但是，维也纳也是最现实的，是最需要真才实学，最需要艰苦奋斗和努力拼搏的地方。

自封闭狭小、充满着乡土气息的小城波恩，骤然来到竞争激烈的帝国首府，年轻的贝多芬还没来得及过多思考和准备就开始了他音乐道路上的艰难攀越，展开了他人生旅途的艰苦跋涉。

数载的拼搏、数年的奋斗，天才贝多芬以其娴熟的技巧、扎实的功底、过人的禀赋和坚定的信念，渐渐成了人们街谈巷议的名人、强者，成了维也纳听众争相崇拜的偶像。

一时间，他名扬四海，掌声、欢呼声、赞美之声不绝于耳，他的声名、荣誉、地位在日日攀高。

然而，此时此刻，春风得意的贝多芬竟渐渐失去了听觉，贝多芬将要失聪！用耳朵谋生的音乐大师听不到声音意味着什么啊！

对年轻的贝多芬来说，病魔来得实在是太突然、太残酷了！

壮志未酬的贝多芬，怎么也不会想到，一觉醒来自己竟然成了聋子，成了残疾人。他实在接受不了这残酷的现实，他根本就不相信这是事实，

 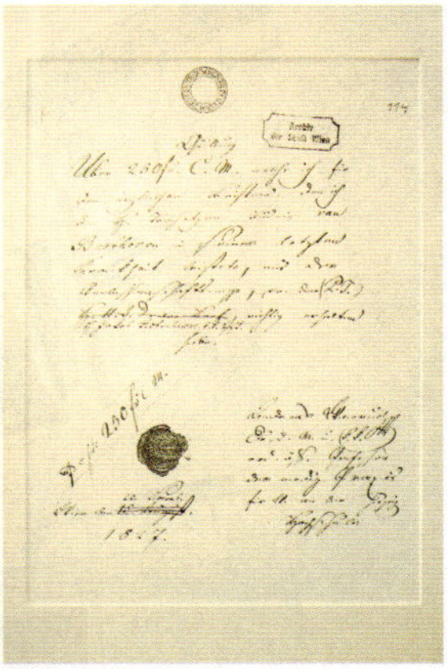

他甚至以为自己还在梦中，这一切都是幻觉。

贝多芬绝望了。

1802年10月，年仅32岁的贝多芬万念俱灰，蘸着自己辛酸的泪水无可奈何地为自己安排了后事，向自己两个弟弟卡尔和约翰发出了令人揪心的遗书。

遗书，向亲人告别的遗书，向视如生命的乐坛诀别的遗书，是诀别，是依恋，也是誓言，是对逝去时光的叙说，也是对未来的向往。但大师的告别绝非凡夫俗子般的辞去，也绝不会如此草率简单，因为未竟的事业还需要他，世间听众还舍不得他离开。万能的上帝啊，请挽留他！

真是绝处逢生，枯木逢春。一封悲壮的遗书发出之后，一身病痛的贝多芬突然冷静了，理智了，坚强了。贝多芬竟然鬼使神差地又重新警醒起来，振奋起来，抖擞起来。人，既然难免一死，何不死得其所；人，既然难以永生，何不生得其乐，生得其荣，生得轰轰烈烈、潇潇洒洒、快快乐乐呢！此时一封告别亲人的遗书，竟然成了他生命的转折点。

面对不幸、灾难和病痛，贝多芬破釜沉舟，背水一战，迎接命运的挑战。他要扼住命运的咽喉，决不向命运低头。他要活着，他要重生，他要再造辉煌！

抹去眼泪，挥别过去，他要开始新的生命征程。

1801年，献给情人的《月光钢琴奏鸣曲》问世了；1805年，震惊乐坛的传世杰作《英雄交响曲》降生了；1808年的《田园交响曲》、1825年的《庄严弥撒曲》响彻维也纳的上空。

坚韧顽强的贝多芬，尽管承受着健康状况日益恶化的煎熬，尽管相爱益深的情人挥别而去，尽管家庭纷争、官司缠身让他心力交瘁，尽管贫困如影相随几近破产，尽管面临与同仁、友人无休无止的争吵，但他挺住了，他走过来了，他成功了。他把生活拒绝给予的快乐，从艺术创造中获得了。他把艺术当作灵魂神圣的庇护所、温馨的巢穴。他视艺术为最理想的阵地、最崇高的圣殿、最美妙的境界，为最终战胜自我的灵丹妙药。他在音乐的创作中陶醉，在陶醉中升华，在升华中超越。他在音乐的创作实践和精神超越中，凝聚了一个伟大的主题：从绝望到奋争，从奋争到平静，从平静到欢乐，他生命征程所经历的青春的躁动、痛苦的抉择、命运的奋争、成功的喜悦都在他的《英雄交响曲》《悲怆奏鸣曲》中得到了最深刻、最真切、最热烈的展现！

英雄的性格，英雄的气概，英雄的旋律，贝多芬不愧为自己命运的主宰者，不愧为人类的英雄。

1827年3月26日，衣衫褴褛、贫困潦倒、病入膏肓的一代乐圣贝多芬，终于完成了他人生的最后一段旅程，他要诀别了……

奏起来吧《英雄交响曲》，为英雄的离去奏起来吧!

唱起来吧《求主垂怜》，为乐圣的辉煌人生唱起来吧!

回家吧，不要悲哀，不要惆怅，不要哭泣，还是来时那样清清白白、无牵无挂。

别了，英雄贝多芬，一路走好!

请信任拜伦

拜伦，贵族不贵。

拜伦，亲人不亲。

拜伦，有国无家。

在一个飘洒着绵绵细雨的春日，在即将结束难忘的英国旅行之际，我们匆匆地来到了19世纪英国著名浪漫主义诗人乔治·戈登·拜伦位于英格兰北部诺丁汉的故居——纽斯特德庄园，向这位叱咤文坛的诗人、斗士、伟人，道一声再见。

当我们迈步进门，放眼望去，一望无际的庄园，绿林荫荫，鲜花盈盈，蝶飞蜂舞，百鸟浅唱。满园的翠绿，满眼的辉煌，满心的激荡，实在令人为之震惊、击掌和感叹。顿时宛如步入了仙境，仿佛走进了海市蜃楼，简直令你不忍踏步。拜伦故居——雄伟辉煌的哥特式古老建筑就坐落在这仙境之中。

壮美啊，庄园！伟大啊，诗人！

可是啊，出身贵族的拜伦，经历的是一场曲折、多难、痛苦的人生之旅，是一条奋争、奋斗、奋发不屈地认识自己、超越自己、成就自己的成功之路！

拜伦，贵族不贵。

拜伦，远祖荣耀，出身贵族。远在11世纪的时候，拜伦的远祖乘着征服者威廉的雄风，一路征战，自法国诺曼底来到了英伦三岛，继而在“十字军东征”的拼杀中立下汗马功劳，被册封男爵，纽斯特德庄园就是其远祖因战功自国王手中以800英镑为拜伦家族置下的不动家产。在这里，曾经有过名震三岛的灿烂辉煌，曾经有过昼夜不息的笙歌宴舞。庄园里那句铿锵有力的家族铭言“信任拜伦”，蕴含和凝聚了先祖对后辈子孙们多少心愿和期盼啊，他们多么期盼拜伦的子孙们奋斗、争气、争光，多么期望

拜伦家族永远辉煌、永不败落啊！

但是啊，愿望、期盼毕竟是主观的，只是先辈人一种良好的追求和祈祷。现实毕竟是客观的，当家族的光环照耀过五代拜伦勋爵后，“邪恶勋爵”的恶名，已使纽斯特德庄园声名狼藉、萧瑟衰败。

6岁的小拜伦就是在拜伦家族日益衰落的大势之下，因伯祖父即那位“邪恶勋爵”、纽斯特德庄园的主人、第五代拜伦勋爵的儿子战死沙场，而意外地登上继承人的爵位，成了纽斯特德庄园新的主人。

然而，伯祖父压根儿就没把小小的拜伦当成自己的继承人，肆无忌惮、日甚一日地破坏着庄园里的一切，继续让他过着悲惨的贫民生活。而在堂堂英国社会，也没有谁真正把这对苦命的孤儿寡母当成贵族名流而致以敬意和崇拜。

当10岁的小拜伦满怀希望和憧憬兴冲冲随着母亲走进庄园的时候，这对命运多舛的母子竟然被眼前的破败景象惊呆了。庄园屋顶破漏，墙皮脱落，蟑螂横行，污水满地，大白天伸手不见五指，阴森森，黑乎乎，破败

不堪，肮脏不堪，简直是座人间地狱。

对孤苦伶仃的拜伦母子说来，要想修复庄园，住进庄园，钱在哪里？人在何处？接管庄园谈何容易！无奈中，小小的拜伦又含着眼泪，拉着母亲破旧的衣襟，一步一回头惆怅地离开了日思夜盼的纽斯特德庄园，在诺丁汉街一条狭窄阴暗的小巷里，租下了一间破旧狭小的房子，重新过上了艰难困苦、郁郁寡欢的贫民生活！

拜伦，亲人不亲。

拜伦的童年是没有欢笑的童年，拜伦的一生是缺少亲情的一生。

拜伦3岁丧父。父亲约翰·拜伦英俊潇洒，一表人才，但心灵丑陋，性格粗暴，行为不端。他赌博成癖，债台高筑，臭名昭著，人称“疯约翰”。约翰·拜伦在20岁时，与宫廷大臣夫人、三个孩子的母亲私奔法国，数年之后，贫病交加，其夫人客死他乡。

拜伦的母亲戈登是父亲丧妻半年后再娶的苏格兰女郎。

再婚的父亲恶习不改，游手好闲，挥霍无度，负债累累。夫妻整日怒目相视，争吵、谩骂，摔盘砸碗，拳脚相向，度日如年。不堪折磨的母亲，怀孕后孤身一人回到了伦敦。伴着一贫如洗的苦难，小拜伦悲惨地哭叫着降生了。不久，为了躲债，疯狂的父亲再一次回到了这对不幸的母子身边。为了讨钱，父亲形同乞丐，软硬兼施，哄骗母亲的养命钱。无可奈何的母亲常暴跳如雷，把碟子摔得粉碎，把衣服撕成布条，把襁褓中的小拜伦吓得心惊肉跳、面如土色。3年后，恶习难改的父亲，怀揣着一把小钱再赴法国，不久贫病交加，走投无路，自杀身亡，客死异乡。

小小的拜伦，童年没有父爱的抚慰，也没有母爱的温柔和甜蜜。

母亲戈登是一个并不漂亮的孤儿，父亲只是相中她丰厚的遗产而非可爱的脸蛋和她走到一起的。没有爱情的婚姻，不仅没有给戈登带来幸福，也为拜伦带来了不尽的痛苦和悲伤。残缺的家庭、不幸的婚姻，令这年轻寡居的母亲暴躁凶悍，喜怒无常。当小拜伦在外受到伙伴的欺侮、社会的伤害，向唯一的精神支柱母亲寻求慰藉时，常常讨来的是一顿劈头盖脸的疯打或一阵无缘无故的谩骂。随着环境的恶化、年龄的增长，母亲的脾气越来越坏，她经常酗酒、衣衫不整，稍有不如意，就破口大骂，甚至抄起盘子砸向天真的儿子。

最令小拜伦无地自容的是母亲骂大街、闹学校，像泼妇一般在公众面前追打、叫骂、羞辱自己。保姆格雷更是一个势利小人，对可怜的小拜伦不仅没有丝毫的同情关爱之心，反而趁母亲不在，暴饮醉酒，对小拜伦殴打、喝骂。小小的拜伦就是这样在争吵谩骂中度日如年，在胆战心惊的摔打中一天天长大的。童年啊，无依无靠的悲惨的童年！小拜伦已是10岁的学子了，但，他却没有伙伴的陪伴，没有亲情的爱抚，童年的小拜伦眼在流泪，心在淌血。

拜伦，身残志不残。

人生各有各的不幸，拜伦的不幸似是挥不去抹不掉，形影相随，伴其终生的。拜伦的最大不幸就是先天跛脚，外形看似正常，两腿修长，但脚踝骨扭曲，走路一瘸一拐。尽管母亲戈登费尽心思，四处求医问药，百般调理，但终无回天之力，小拜伦终生承受着残疾的痛苦和折磨。当同龄的小伙伴们追逐嬉戏享受着童年的快乐的时候，当围观的长者为孩子们奔跑游戏的胜利而喝彩叫好的时候，当有的同伴装瘸卖傻羞辱他、左邻右舍议论他的时候，拜伦小小的心灵上都会刻下无助的自卑、孤独和忧郁。此时，他常常以跛脚为耻，羞于出头露面，在同伴游戏的欢快声中悄悄抹去泪水，独自离去，痛苦地躲起来。

这些残酷的不幸，甚至逼得小拜伦曾向自己的心窝挥起了刀。但是拜

伦毕竟在长大，拜伦毕竟是拜伦家族的子孙，“信任拜伦”这一家族的铮铮铭言终究在才华横溢的诗人拜伦身上应验了，实现了！

一身正气的拜伦，在痛苦、屈辱和不幸中，渐渐升华出一种刚强、倔强和力量，在用心灵慢慢消受这种苦难的同时，也悄悄创造出一种伟大的永恒和辉煌。

当被人背后议论、羞辱的时候，他不再退却，而是理直气壮地向他们操起了鞭子；当同伴们邀他参加游泳比赛的时候，他不再怯懦，而是跃身入水，劈波斩浪，摘金夺银；当他一瘸一跛地走进校际板球赛赛场的时候，他不再惧怕，左右拼杀，频频得分，赢得“健将”称号；当他满腹经纶走向毕业演讲坛的时候，他已认识了自己，走出了忧郁和自卑的阴影，旁征博引、口若悬河，征服了听众，赢得了信任。

天赋过人、英俊的拜伦没有停步，没有自负，他要向新的目标冲锋不止，他要把一生的不幸和苦难深深地藏在心底，化作熊熊烈焰，焚毁一切心灵的自卑和怯懦，锻造一身钢筋铁骨，迎接人生一切的风雪严寒、魑魅魍魉。

拜伦，有国无家。

拜伦27岁时，终于同安娜贝拉姑娘结婚成家了，但两人婚后并没有收获真正的幸福，不久即宣告分居，分道扬镳了。

他不忘穷人，在上议院发表了反对严惩捣毁机器的工人的演说，震撼英国，在上层社会引起轩然大波。

他不尚权贵，在他形单影只走上议院，落魄而孤单地完成继承议员席位的简短仪式后，竟然不屑与议长握手就匆匆跑出了议院。

他不惜生命，立志要做一个真正敢于为人民讲话的大家，他没有辜负自己，没有辜负家族，从处女作诗集《闲散的时光》到《海盗》《异教徒》《东方叙事诗》等一部部作品，无不是他对人类命运的吟唱。诗作《恰尔德·哈洛尔德游记》使他一觉醒来，名扬天下。未竟之巨著《唐璜》使他登上世界文坛极顶。但是，他那首讽刺摄政王的诗作《哭泣的公主》，却遭到了史无前例的咒骂和攻击。议院内无人理睬他，途中有人侮骂他，有人将他比作魔鬼，有人将他称为暴君，一时间英国上下，人人唯恐避之不及，全社会都在指责他，呼吁将其逐出自己的国家。

悲愤不已的拜伦，终于追寻心灵的呼唤，于1816年4月25日，在挥泪向亲友告别后，毅然踏上了奔赴异国的征程。他，英伦人民骄傲的儿子、世界文坛的骄子，竟然有国无家，流浪异乡，漂泊四方，再也没有回到养育他的祖国大地。

英雄般的诗人，多才多难的拜伦，在日后的艰难岁月中，四处奔波，四海为家。他在流浪中苦苦思索，他在漂泊中创作不辍，他为希腊争取民族解放贡献出自己一生全部的积蓄，组成军队，自任司令。不久，壮志未酬，他病死于希腊，年仅36岁。

天才诗人的英年早逝，在世界文坛掀起了巨大的波澜，给人民心灵带来了极大的震撼。“即使我听说太阳和月亮跌出了它们的轨道，也不会比‘拜伦死了’这句话更使我震惊，更使我六神无主了！”

是啊，拜伦是坚强的成功的，他曾使多少人为之激动、欢呼和流泪；他又使多少不幸的人们驱除魔影，不折不挠，奋斗不息，走向成功!

是啊，拜伦是非常平凡的，拜伦是非常不幸的，拜伦却又是非常伟大的!

请“信任拜伦”。

文坛拿破仑

我站在浪漫多彩的法国巴黎静静的莱努合大街47号旁，站在批判现实主义大师奥诺雷·德·巴尔扎克那古老雅致的故居旁，居高临下，垂目低望：屋舍、窄路、草坪、花园、雕像，高低错落，清雅幽静，不声不响地迎接着我们这些远方的游客。

啊，这就是日夜伴随着天才大师奋笔耕耘的老屋吗？这就是才华横溢的巴尔扎克挥毫向雄才大略的拿破仑挑战的战场吗？

1799年秋，小巴尔扎克一声清脆的啼哭，宣告了一个命运多舛的新生命的降临。

在母亲的体温刚刚暖过幼体的时候，不可思议的母亲，竟然无情地将小小的巴尔扎克送到郊外一宪兵家寄养。在长到4岁时，他又一次被转送到陌生人家寄养。在他8岁时，母亲生下弟弟亨利之后，可怜的小巴尔扎克则更为母亲所难容，时常受到冷遇、呵斥，甚至打骂，且不得有任何的辩解。

苦苦熬过了8个春秋，小小的巴尔扎克走进了学堂。

逃出冰冷的家门，小巴尔扎克迎来的是老师的蔑视、同学的嘲讽，甚至被学校认为是非可造之才。

倔强不屈的巴尔扎克，自小就嗜书如命，他如醉如痴地博览群书。笃学使苦难中的巴尔扎克暂时忘却了童年的哀怨，忘却了少年的屈辱，也为成就未来文坛巨匠奠定了扎实的基础。

1819年，当巴尔扎克气宇轩昂地迈入社会的时候，他已经是一位年轻的诉讼代理事务所的职员了。

不久，这个独具个性的血性青年，这个听够了母亲歇斯底里叫喊的男子汉，不顾父母的反对，郑重宣布：我要写作，我要做一个蜚声文坛的伟大作家。

目标一旦确定，他整日整日地不离房屋一步，他拼尽全力，呕心沥血地与时间和命运展开了残酷的搏斗。

成功固然离不开苦斗，但苦苦奋斗并不等于成功。

处女作《克伦威尔》过早地夭亡了，巴尔扎克失败了。

不屈不挠的巴尔扎克重新上路。他发誓要用自己整个生命和满腔热血继续向文学圣地冲击。

他在小屋炉架上恭敬地摆放上他心中最伟大的英雄——拿破仑的石膏像，并工工整整地写下气吞山河的壮丽誓言：“我将要用笔完成拿破仑用剑所未能完成的事业！”

巴尔扎克用颤抖的双手将誓言牢牢地粘贴在拿破仑雕像的剑鞘上。

巴尔扎克冷静下来了，重新坐定于书案前，闭门谢客，立即沉浸于自己虚构的图景之中，他日夜疯狂写作，书稿终于问世了，他终于成功了。《夏倍上校》《驴皮记》《乡村医生》《欧也妮·葛朗台》《高老头》接踵问世，他向着文坛极顶艰苦攀缘。

才华横溢的巴尔扎克愈是向着艺术的顶峰登攀，愈是感到人类社会之宏大、天地之雄浑，愈是感到自己之渺小、作品之微薄，他下定决心，倾毕生之精力，耗终生之才华，尽余生之心血营造一座顶天立地、亘古流芳的宏伟的文学大厦——《人间喜剧》。

为了完成这一宏大的创作，巴尔扎克辞谢一切应酬，排除一切干扰，投入了疯狂的写作，毫不吝啬地消耗着自己的精力，心甘情愿地透支着自

已的生命。20年的光阴，20年的心血，20年的苦苦奋斗，这座以近百部文学作品构建而成的气势磅礴的文学大厦——《人间喜剧》，创造了2400多个个性鲜明生动的文学典型形象，成为世界文学史上的伟大创举，也成为文学圣坛上响彻云霄的伟大绝唱，这是巴尔扎克为人类文学事业奉献的神圣、伟大、辉煌的瑰宝。

长期艰苦的写作、沉重的债务、恶毒的攻击，彻底击垮了天才巴尔扎克的身体。他常常感到头疼难忍，腿脚肿胀，身体越来越差。他愈加感到上帝给予自己的时间不多了，他更加珍惜生命的一分一秒，为了再多给《人间喜剧》这座宏伟的文学大厦添一些砖加一些瓦，巴尔扎克忍受着病痛的折磨和同行们的攻击，硬撑着虚弱的病体，呕心沥血地写作，写作，写作。

不久，叱咤文坛几十载、战功赫赫的文坛巨匠巴尔扎克终于再无提笔之力了。他留于人世的最后一行签字是：

“我已不能再写字读书了。”

生命垂危的巴尔扎克在昏迷中醒来，想到的依然是他那耗尽毕生心血的《人间喜剧》，念念不忘的依然是他心中那未竟的创作蓝图。

1850年8月18日深夜，正富盛年的巴尔扎克，为世人留下无尽文化瑰宝而唯独没为自己留下一位后代的巴尔扎克，终于饱含泪水，告别人间，溘然长逝!

巴尔扎克是带着一身的疲倦、一腔的冤屈、一身的遗憾、一身的债务和一身的辉煌离去的。

去吧，巨人巴尔扎克，漫漫51个春秋，你太累、太苦、太难了，你无愧于自己，无愧于后人，无愧于你的誓言，你可以豪迈地向世界宣告：我用血和泪创造了空前绝后的人间奇迹，我用笔完成了拿破仑用剑未竟的伟业!

壮歌晚唱

这是我第三次来到大师维克多·雨果的故居——法国巴黎孚日广场6号二楼公寓，大师曾在此居住了16个春秋。这里有他生前用过的物品，这里陈列着他的绘画、书籍和手稿，惊世骇俗的长篇杰作《悲惨世界》的部分手稿就诞生在这里。

在这里，就在这座故居里，雨果这位伟大的天才曾品味过多少人生的酸甜苦辣，演绎了多少人间的喜怒哀乐；在晚年流亡期间，又奏响多少暮年壮歌。

1851年，这是雨果刻骨铭心的一年，这是雨果终生难以忘怀的一年，就在这年的岁末，就在黑色的星期四，一代宗师、一代文豪，踏着战友的血迹，告别亲子爱妻，悲愤地逃离了养育他48年的祖国。48年的风风雨雨，48年的成功与失败，48年的喜悦与悲伤，此时此刻一齐涌上了心头。“祖国啊，亲爱的法兰西，我何过之有，何罪之有？你的儿子今日竟落此流亡的下场？”

雨果愤怒了，雨果落泪了。但雨果并没有悔恨，没有乞求，没有退却。血与火的洗礼使天才雨果更加成熟，更加顽强，更加清醒，更加明确一个正直诗人的责任、一个良心诗人的伟大使命。

在将行李匆忙放于布鲁塞尔一家简陋的旅店之后，雨果便迫不及待地走入了流亡者的行列之中。他抚慰战友，鼓舞斗志，部署新的斗争。

此时，噩耗不断自巴黎传来，家室被洗劫，一对爱子被捕入狱，打击、迫害步步追逼。而这时的雨果，正处于一种神圣的悲愤之中，他再也按捺不住胸中汹涌澎湃的创作冲动，在他到达布鲁塞尔的第二天，不断战斗的雨果就挥笔写作了。他要记录，他要声讨，他要“弹响青铜的琴

弦”，他要成为法兰西的良心，成为法兰西的斗士！

流亡中的雨果，一面高瞻远瞩地引领着海内外的革命斗争，一面走到社会的最底层，体验民情，搜集素材，构思着宏伟的力作。他力排杂念，他顶住压力，他呕心沥血，他夜以继日加快创作步伐。

对流亡中的雨果来说，创作是多么幸福的时刻，多么高尚的劳作啊！创作使他精神焕发，创作使他忘却忧愤苦痛，创作使他无比愉悦兴奋。1861年6月30日清晨，当窗口射进一缕灿烂阳光时，震撼世界文坛的一部传世杰作《悲惨世界》诞生了。几年后，蜗居海岛的雨果，以其高超的、无与伦比的技巧再一次完成了《九三年》这部宏伟之作。

雨果这一篇篇、一部部大作的接踵问世，令多少文坛墨客目瞪口呆、五体投地。创作的丰收给流亡中的雨果带来了无尽的安慰和欢乐，但流亡者的行为却不会使当权者快乐。深夜，漆黑的异国之夜，当憔悴的雨果刚刚送走英年早逝的长子，当悲痛的雨果与爱孙刚刚相偎入睡，屋外即响起了震耳欲聋的叫骂声，随之石块飞至，碎玻璃纷纷落地，被惊醒的爱孙哭叫着躲进了爷爷的怀抱。比利时当局的驱逐令下达了：即刻离开本土，永不得入境。

悲愤的雨果、孤独的雨果、衰老的雨果，举目无亲，无处安身。雨果木然了，流泪了，流血了。何处为家，何处是归宿？

法兰西当局向他，向这位世界巨人招手了，当局要赦免他，免其罪过！罪过？谁之罪，谁之过？赦免之权从何而来！暴政一日不除，民众一日无自由，雨果就绝不回家。老妻阿黛尔中风逝去，雨果扶柩送至边境，挥泪告别，但绝不踏上法兰西土地一步。

然而，当欧战爆发、法军惨败，当外敌入侵、法兰西蒙难，当巴黎人民呼唤他、需要他的时候，这位年老体衰、倔强的文坛宿将，这位流亡海外20年、受尽迫害折磨的雨果，毅然决然地带领全家老小回归祖国，他要参加国民自卫军，他要豁上老命，拯救巴黎，保卫祖国，与法兰西共生死！

渡船扬帆，火车嘶鸣。雨果透过车窗看见月光如银，法兰西的原野一片银灰。雨果哭了，雨果回家了，雨果应着战火的呼唤、人民的召唤回来了！

火车进站了，欢迎的队伍涌来了，人山人海，欢欣若狂的市民高呼着“维克多·雨果万岁！”泪流满面的雨果，激动不已的老人站在敞篷马车上发表着激动人心的演说。

雨果望着奔腾涌动的人流，感慨万千：“你们1个小时的欢迎，就是给我20年流亡生活的报答！”

战事结束了。流亡归来的雨果既欣喜又陌生。不久，雨果又踏上了流浪的征途，卢森堡、比利时、英国、瑞士，四处漂泊，四方流浪，在漂

泊中写作，在流亡中走向衰老。1885年，雨果在艰难走过他83个辉煌岁月后，身体终于垮下来了。5月18日，雨果肺部充血，病入膏肓，诀别的时刻终于降临了。弥留之际，他迸出最后涵盖他一生的绝妙诗句“白昼与黑夜，不期而遇，我在此战斗”后，与世长辞。

雨果走了，一代文坛巨匠走了。暴风来了，天公为巨人送行来了，巴黎上空顷刻雷雨大作，冰雹漫天呼啸而降。

天公在哭泣，人民在哭泣，法兰西在哭泣。

议会休会，全国哀悼，200万人组成的送葬队伍似潮水涌向星形广场，涌向先贤祠。巴黎为失去巨人而悲痛，法兰西为养育了伟大的儿子而骄傲！

雨果是一位巨人，雨果是一种信仰！

幸运，达尔文

一路向前，一路向南！

穿过拥挤繁华的市区，跨过静静奔流的泰晤士河，我们直奔英国伦敦南郊，寻找又一个目标——查尔斯·达尔文故居。

几经下车，几许询问，几番寻找。信息几经明晰，又几经模糊；目标几经出现，又几经消失。人渐渐稀疏了，路越来越窄了，心情也由激动变得愈加焦急。

啊，神秘的达尔文，你深藏何处？

哦，看见了，终于看见了。一座三层砖砌的白色小楼披着一身原野的绿色，骄傲地向我们走来。

对，这就是达尔文的屋，这就是达尔文的家。

这是座别致而美丽的郊外花园：门前是花丛锦簇的花坛，屋后是绿油油的草地，挺立草地之上的则是几株又高又粗的大树。围着庭院的是一圈花木架起的花墙，墙外则是一望无垠的绿色原野。

多漂亮的花园，多别致的小楼，多幽静的环境。真不愧为大师的故居，不愧为大师的眼力，不愧为大自然的造化！

穿过门前小巧玲珑的花坛，我轻轻地迈进了昔日达尔文的家门，踏进了达尔文的人生世界。

达尔文出生在一个富有的高级知识分子家庭，祖父是一位医术高明的医生；父亲19岁时就荣获医学博士学位，医术高超，医德厚重，深受当地百姓尊重。

达尔文就扎根在这丰腴的知识沃土之中，生活在欢乐幸福的家庭氛围之中。尽管在他8岁的小小年龄就早早失去了爱母，但慈父的呵护和姐弟的关照填补了他幼小心灵的缺失，使达尔文的童年生活依然充满着欢歌笑语。

斗转星移，春去秋来，达尔文走出了童真，迎来了韶华。当达尔文刚刚跨出校门，又幸运地登上环球航行舰船甲板的时候，他有多激动，多幸运啊，人们哪里知道这是他千载难逢的机遇，是他走向成功的阶梯。经过5年的航行，5年的磨炼，5年的积累，5年的搏击风浪、雨雪，达尔文从一个浪漫的富家子弟，长成一条钢铁般的硬汉子，由一个天真幼稚的学子，成长为向科学之巅攀登的先锋。不过，在达尔文背负着无与伦比的丰富考察资料步下甲板、迈进自己的写作间不久，他发现自己的身体发生了危机，他患病了，他惶恐了，他彷徨了，他真有些惧怕了。此时此刻的达尔文，多

么需要亲人的安慰理解，多么需要亲人的爱抚关照，多么需要亲人的呐喊助威。就是在这一刻，就是在这危急之时，深情的表妹爱玛及时地走到了他的身边，投入了他的怀抱，而且用她终生的心血陪伴达尔文走完人生之旅。

达尔文是幸运的，他的幸运不只在于他有一个充满着欢乐幸福的童年，更是因为在他身边终生陪伴着一位聪明、贤惠、漂亮而伟大的爱妻。妻子爱玛家的财产之多和知识之富丝毫不逊色于达尔文家。爱玛端庄秀美，聪明灵透，多才多艺，会四国语言，极爱钢琴。她有自己远大的理想和追求，但自从走进达尔文的心里，她就把自己的一生献给了达尔文，以他的事业为自己的事业，以他的追求为自己的追求，以他的幸福为自己的幸福，风雨相伴，时时不离。

5载环球航行，风浪、病魔的摧残使28岁的达尔文刚刚听罢生日的颂歌就病倒了，早早患上了严重的心脏病，而且随着科研任务的日益繁重，疾病日益严重。才华横溢的达尔文的人生旅程绝大部分是在与疾病的痛苦搏斗中，在艰苦的科研探索中日复一日地熬过的。以致在他风华正茂的35

岁那年，竟然无奈地为爱玛留下了一封充满着对科研事业深深依恋之情的遗嘱式信函，为自己呕心沥血建立的进化理论安排了后事。在病痛中，在困难中，在挫折与绝望中，是爱妻日夜守护在身旁、呵护在眼前，给他以温暖，给他以激励，给他以信心和力量。当达尔文工作劳累的时候，爱玛为他抚琴诵诗；当达尔文工作繁忙的时候，爱玛又尽其所能帮他抄写稿件、译解信函……达尔文以其几十年的病体能够攀登生物学、动物学、地质学世界科学之顶峰，能够创作出改变整个人类历史进程的辉煌巨著《物种起源》，能够拖着屡告病危的病体走过73载的人生征途，没有爱玛体贴入微的呵护照顾是根本不可想象的。故此，达尔文曾感慨地说过：“她是我最大的幸福，在我一生中，我从来没有听她说过我不愿她说的一个字……她赢得了周围每一个人的钟爱和称赞。”是啊，家庭的幸福是永恒的，爱能够创造奇迹！

达尔文是幸福的，也是幸运的。童年失去母亲的达尔文，并没有缺失母爱，没有失却童真的烂漫；少年入学，尽管不满旧式教育的折磨而几经曲折，但并没有失落自我，失落目标和追求；青年迈进探索旅途，每当面临困境需高人指路，前辈长者、教授贤达总是不失时机地出现在他的人生岔道口，指点迷津，使他奔向坦途。如果没有千载难逢的贝格尔舰环球考察的实践，如果丧失稍纵即逝的机遇，达尔文就观察不到千奇百怪的物种变异事实，也就不会萌生反叛上帝创造物种的观念，那么达尔文这位伟大天才就不会诞生，《物种起源》就不会问世。然而，福星高照的达尔文，恰到好处地抓住了接踵而至的人生机遇。他成功了，他实在是幸运的天之骄子。

达尔文的伟大成功是因为他敢为人先地创造了生物进化理论体系，率先出版了承载着这一辉煌思想的《物种起源》，从而奠定了他在世界科学圣坛上不可动摇的伟大地位。然而，达尔文的这一辉煌成就，竟与他险些失之交臂。因为就在达尔文穷其一生心血，夜以继日地苦苦撰写着表现这一思想体系论著的时候，年轻的学者华莱士竟然将自己研究的同一课题，表达了与达尔文进化论思想一致观点的论文抢先送到了达尔文的手中。这时为撰写论著而心力交瘁的达尔文竟然不敢相信自己的眼睛，他不知所措！如果年

轻的华莱士抢先发表了论著，那么达尔文20多年苦心钻研的科研成果将付之东流！但是，达尔文毕竟是幸运者，毕竟是伟大的成功者，是他可亲可敬的朋友公正地为他们两人的伟大成果给予了各得其所的恰当处置——同时发表。达尔文有惊无险，化险为夷，最终走向成功！

19世纪的欧洲是蜕变的时代，是文明与野蛮搏斗的时代，也是科学与进步遭受扼杀、围剿的黑暗时期。然而幸运的达尔文那反叛宗教创世纪说的进化理论，尽管受到上下左右、明枪暗箭的嘲讽和围攻，但他并没有像先辈们那样遭受灭顶之劫难，没有像伽利略因信奉日心说而被判终身监禁，更没有像布鲁诺因宣传日心说被活活烧死于罗马广场，他的著作也没有像哥白尼的《天体运行论》被长期列为禁书。

饱经风雨的达尔文终于远离了劫难，幸运的达尔文终于迎来了成功的曙光。

1864年，达尔文终于以其卓越的研究成果被英国皇家学会授予科普利奖章。德国伟大的社会活动家李卜克内西评价说：“他在宁静的庄园里准备着一个革命。”这个革命根本改变了人们的思想观念，开启了人类科学的新纪元。

达尔文幸运，达尔文不朽！

致敬李斯特

枫叶含丹的深秋，德国魏玛被火焰般的枫叶、橡树紧紧拥抱，厚厚的、色彩斑斓的落叶，古城蜿蜒的石砌巷道，秋韵欲滴的芬芳撩拨、浸润着人们火热的心田，令人陶醉。在魏玛小城伊尔姆公园入口处，静静地挺立着一座精致的黄色花园别墅，浪漫而清新，田园而古朴。这就是陪伴“钢琴之王”弗朗茨·李斯特度过17载的故居。穿过整齐的栅栏门，便踏入偌大的一片花园，园中畦埂齐整，花红菜绿，生机盎然，一片浓浓的田园风光。一条石铺小路直通别墅大门。屋内，一楼是主人的生平介绍；二楼则是主人的客厅、卧室、琴房等，原汁原味地保留着李斯特当年生活、工作场景的原貌，一横一竖两架钢琴占据了琴房大部分空间。漫步于大师昔日的房间，聆听大师当年的杰作《匈牙利狂想曲》，令人感叹，更热血沸腾！

李斯特1811年10月22日出生于匈牙利一个名叫雷汀的小山村，父亲牧羊为业，母亲是面包师之女，出身卑微，家境贫寒。父亲多才多艺，在作曲、拉琴方面小有名气。受家庭的熏陶，小小年纪的李斯特没学会认字却会认乐谱，他在床头上挂着一幅贝多芬的画像，梦想将来能像贝多芬那样，享誉乐坛，出人头地。

李斯特自小就在钢琴艺术方面显露出异乎寻常的天赋：8岁即登台演出，举行首场钢琴独奏会；10岁离家赴维也纳学艺；13岁在伦敦演出受到英王的热情接见；少年时就在巴黎赢得了“钢琴演奏炫技大师”的称号，盛极一时。

李斯特是天才，也是幸运儿。在他12岁那年的暮春，乐圣贝多芬破天荒出席了李斯特“早晨音乐会”，当一身稚气的李斯特演奏完贝多芬的《C大调钢琴协奏曲》，大师贝多芬激动地走上舞台，热烈地亲吻李斯特，并叮嘱道：“继续吧，你这天之骄子，你将带给很多人喜悦……”李斯特把这突然降临的荣幸铭记终生，把贝多芬的吻视为对其“音乐艺术的洗

礼”，是对自己的鞭策和期望。

李斯特牢记前辈大师的教诲，几十年如一日，在音乐艺术的道路上开疆拓土，勤学苦练，砥砺前行，奋力向钢琴艺术的巅峰挺进，终于淬炼成杰出的作曲家、钢琴家、指挥家，伟大的浪漫主义大师。

神童李斯特成功了，“钢琴之王”李斯特誉满天下。但李斯特不忘初心，不忘前辈大师的恩典，同情弱者、关照新人、热情扶掖后学的仁爱精神和宽阔胸怀，一直伴随他辉煌曲折的人生，也因而受到人们的敬仰。在李斯特人生旅程中曾发生过一个感人的故事。一个孤儿出身的姑娘，深爱着钢琴艺术，为维持生计，她要开音乐会，她在海报上自称是大师李斯特

的学生。李斯特得知后，就在音乐会的前一天，来到了姑娘的面前。这姑娘吓得浑身发抖，脸色苍白，跪在李斯特面前，请求宽恕。当李斯特知道了姑娘的出身和困境之后，立即把姑娘扶起来，十分同情地安慰她说："让我们想一个补救的办法吧。"李斯特要她把音乐会演奏的曲子先弹一遍给他听，他边听边给她指导，最后，李斯特高兴地说："好了，你大胆地登台演奏吧，现在你已经是我的学生了。"为了证明姑娘的身份，李斯特还

告诉这位姑娘："你可以告诉剧场经理，音乐会最后一个节目，由你的老师——我演奏，是为我的学生演奏的。"姑娘听罢感动不已，音乐会大获成功。1831年，波兰钢琴家肖邦还是乐坛一个默默无闻的小人物时，李斯特就对肖邦的才华十分赞赏，怎样帮助这位青年才俊在观众中尽快赢得声誉呢？李斯特便在剧场开幕时坐在舞台的钢琴前，当舞台灯光熄灭后，他便悄悄将肖邦请上台替自己演奏。琴声响起来了，掌声响起来了，观众被绝妙的琴声征服了。演奏完毕，灯光亮起来，观众突然发现舞台上坐着的竟是肖邦。人们惊愕之余欢呼起来，观众既为又一颗新星的诞生而喜悦，更为大师李斯特的宽广胸怀而赞佩！

在世界音乐史上，钢琴独奏音乐会这一模式是由李斯特创始而延续至今的。为提携新人、培养艺术后学，李斯特付出了艰辛的努力。他先后在魏玛和布达佩斯分别创办了李斯特音乐学院和皇家音乐学院，开办了免费"大师课"。曾有近500名钢琴家自称是李斯特的学生，因为他从不拒绝任何一个前来求教的人。为了纠正学生不正确的弹奏姿势，他将学生演奏的姿势一一拍摄下来，反复讲解，直到正确为止。

1886年7月3日，"钢琴之王"弗朗茨·李斯特因肺炎发作在女婿瓦格纳家中病逝。一代音乐大师远去了，但大师创作的那些绝妙的天籁之音永远回荡于苍穹大地，奏响在人们思念的心中。

奋斗是金

风驰电掣的列车穿过黑黝黝的英吉利海峡海底隧道，迎着一片光明，披着一身征尘，转眼稳稳当当地停靠在人声鼎沸的火车站。刚刚告别一路的伴友，匆匆步出车站大门，年轻老成的小老乡亮亮，就满面春风地把我们接上了新生老师停在路旁的行车。

在震撼世界的工业革命时代，古老的英国曾经诞生过一大批披风击浪、闻名遐迩的世界级名人群体。缅怀故人，参观故居，追寻名人逝去的峥嵘岁月，催动、激励着我们一行宾馆没进，行李未卸，就急切切、兴冲冲直奔世界大文豪——查尔斯·约翰·赫芬姆·狄更斯故居。

这是一幢修饰打扮得整洁雅致的三层小楼。顺着门前的指示牌，我们缓缓地走进这位伟大作家曾经生活、学习、创作的间间小屋，走过他生前

用的餐厅、会客室、创作间，望着他生前用的书桌、书橱、座椅，站在他生动肃穆的塑像前，回味着他激人心扉的杰作，思索着他苦苦奋斗的人生，仿佛看到英姿飒爽的狄更斯穿过了时间的隧道向我缓缓走来……

9岁这年是狄更斯孩童时代幸福和苦难的分水岭。之前，父亲约翰·狄更斯在英国军舰修造厂干事，还是个不大的头儿，薪水不薄，生活虽说不上多富裕，但并不穷。这时的小狄更斯在一片笑声、歌声和赞美声中一天天成长。

不过人生之舟绝不会永远在风平浪静中欢歌远行。9岁生日的赞歌刚刚唱过，小狄更斯的人生之舟还未启航远行就遭遇了迎头恶浪——父亲因债务纠纷，突然被捕入狱。人生之旅，风云突变。小狄更斯整日听惯了的欢笑声、歌唱声霎时被哭声和哀叹声所替代，灾难的乌云笼罩着他幼小的心灵。

在父亲入狱之后，为了躲债，母亲随后也搬进了监狱，孤苦伶仃的狄更斯和小姐姐独居狱外，日夜与泪水相伴。唯有礼拜日是小狄更斯最期盼的日子、最感温暖的日子，只有这一天，才能相伴双亲，才能苦诉衷肠，才能体会亲情的可贵、往日的可恋，才能深深地品味短暂的幸福。

不久，小小年纪的狄更斯为了生存就进了鞋油作坊当了童工。15岁那年，他就彻底告别了亲爱的同学，迈上了独自谋生之路。接下来，他打工、做职员、当记者，苦争苦斗，乞求四方，始尝人间酸甜苦辣。

在苦难中艰难跋涉的狄更斯21岁时，命运突然发生了惊天动地的大转折。这年秋日，他在人稀天静的夜晚向《月刊》杂志偷偷地投进了改变他一生命运、后来蜚声文坛的处女作——《明斯先生和他的表弟》。当该文刊发的消息传来后，正在与命运苦苦搏斗的狄更斯，激动得泪流满面，久久心情难以平静。

开山之作，一鸣惊人。时来运转的狄更斯声名大振，一时间名人争相与其交往，作品被争相刊载、争相改编。意气风发的狄更斯创作激情似火山、如海啸般地爆发了。他草草结束了新婚蜜月，潜心写作，他常常同时创作几部作品，同时担任几个刊物的编辑，常常为赶写连载的作品数日不眠，甚至陷入疯狂的状态。长期呕心沥血创作的辛苦，长期冥思苦想的折磨，终于使昔日生气勃勃的年轻才子头发早早花白，双颊凹陷，疾病缠身。瘘病使他尝到了手术的痛苦，痛风让他吃尽了苦头。

面对病痛，狄更斯没有退却，没有犹豫，没有悔恨，他依然满腔激情，咬牙前行。

奋斗是金，奋斗就有收获。不久，《老古玩店》诞生了，《双城记》史册留名，《大卫・科波菲尔》名垂千秋，《匹克威克外传》《荒凉山庄》《董贝父子》等一部部力作的相继问世为狄更斯奠定了雄居世界文坛之巅的伟大地位。

然而，永不止步的狄更斯并没有满足，没有懈怠，他又要向新的艺术领域挺进，他要向新的目标、新的追求发起冲锋——他还要做一名伟大的演员、一名职业朗诵者。这是狄更斯孩童时就确立的人生目标，只是由于当时突然患病，才使年轻时的狄更斯失去了报考演员的机遇，也正是这场让他与演员失之交臂的疾病，才使世界文坛诞生了一位大家宿将。

功成名就的狄更斯此时已是年老体衰，登台演出实在是与他的地位和精力极不相称。他这出人意料的决定一经传出，即刻引起了社会一片意料之中的哗然，因为这样会损害光芒四射的大作家的形象，会摧残他病弱体衰的生命！

但是，一生奋斗不止的狄更斯一经认准的方向是绝不会改变的。狄更斯决心走出斗室，重新回到自己曾经生活的社会底层，回到人民之中，实现自我，实现童年的理想！因为他坚信，停止了探索，停止了创造，停止了奋斗，就意味着生命的终结！

狄更斯义无反顾地、大胆地走上了舞台。他选定了演出代理人，打

出了预告，大胆果断地首选伦敦登台亮相，结果大获成功。紧接着他又马不停蹄地奔赴各级舞台。长途跋涉，长期辛劳，长久在舞台炽热的瓦斯灯“炙烤”下，在瞬息万变的喜怒哀乐情感转换中，在欢呼和掌声中，狄更斯的精神和体力一点一滴地消耗着。日甚一日的疲劳显现了，旧病复发了，失眠、头晕、麻木等病症接踵而至。一场演完后，他常被扶下舞台，躺着听完观众的最后告别掌声。尽管如此，当下一场演出的时间一到，他又会精神抖擞地重新奔向舞台，又心甘情愿地为其终生追求的理想而拼搏。

狄更斯终于实现了他的人生夙愿，他用自己的汗水和心血，成功地举行了423场朗诵会。当他艰难地走上告别演出的舞台时，当他浑身颤抖着、满含泪水地读完最后一句台词时，全场观众如痴如狂，欢声雷动，久久不肯离去，以无比崇敬的心情向这位叱咤文坛、舞台几十年的伟人欢呼致敬。

在狄更斯告别舞台两周之后，极度的疲劳终于迫使他回到了可爱的故乡，回到了自己的小屋。他太渴望奋斗了，但他太累了，他毕竟老了。

1833年6月9日晚6时10分，苦苦奋斗一生、硕果累累的伟大天才作家狄更斯，在亲人故友悲痛的呼唤声中，在眷恋的泪水滚过脸颊后，疲倦地走了。

狄更斯的一生是创造的一生、奋斗的一生！

诗人和英雄

如果你在异国他乡偶遇久别的亲人，你将有怎样的激动？如果你在异国他乡，突然站在了仰慕已久的大师面前与他娓娓而谈，你又会有多少难忘的记忆？

我曾幸运地经历过这样激动而又难以忘怀的时刻。

那是2014年的金秋，匈牙利肥沃的蒂萨河平原一片金黄，到处荡漾着丰收的喜悦。在这片广袤的平原上，有一个秀丽而别致的克洛什镇。镇子不大，人口不多，但名气不小，因为匈牙利伟大的爱国诗人——裴多菲·山陀尔就诞生在这个小镇。地因人而名，小镇自然就声名远播了。

来到小镇那天，天气晴朗，天蓝云白，空气中充满馨香。小镇规划得很大气，且很有些古镇的韵味。街道纵横有序，平平整整，非常洁净。

街道上，人不多，声不杂，安静雅致。路边默默地“安放”着几处街心花园，花红草绿，各具特色。高大的枫树随风摇落一地金黄，流金溢彩。天真烂漫的孩童，突然停住嬉戏追赶的脚步，热情而又不失时机地给我们指点他们心目中伟大的“老乡诗人”的居处。

裴多菲的故居好找，就坐落在小镇的大路旁。院落呈长方形，布局得当，管理有方；花草树木精神十足，站位又很得体，整个小院生气勃勃，小巧玲珑。

房子已然很老了，圆木搭架，黄土垒墙，芦苇盖顶，宽阔而不高大，

低矮又显朴实，浸染着岁月沧桑的包浆。屋里简洁利落，左、中、右共三间。中间那间屋，是做饭、吃饭、会客、取暖的去处；右侧屋的墙角安放着一张不大的木床，裴多菲就在这里度过了他艰难的童年；左侧屋现已成为回顾往事的展室，墙上那幅裴多菲父母满脸沧桑的画像，似乎还在诉说着旧日一家老小的悲惨生活。

裴多菲的家非常贫穷，但裴多菲的一生却是辉煌的。父亲是斯拉夫族的屠户，母亲则是马扎尔族的一名农奴，贫穷和苦难伴随了这对夫妻一生。在泪水和屈辱中降生的裴多菲的童年注定与幸福、快乐无缘。少年时

的他早早地就过上了流浪的生活，他当过演员、当过兵，13岁开始勉强求学，3年后，就开始为生计而奔波。

苦难，是人成才的最好养分。1842年，19岁的热血青年裴多菲首次创作并发表了《酒徒》这一在他人生中具有划时代意义的诗作，从此，开始了他非凡的写作生涯。两年后，他从偏僻的故乡迈向了首都布达佩斯这更高、更广阔的人生舞台，后来适逢其会成为报社的助理编辑。如鱼得水的裴多菲，有天时地利之便，创作的激情如火山般喷发而出，一发而不可收。《爱情的珍珠》《爱国者之歌》等诗作的发表，更奠定了他在文坛的地位。

不久，他投入了争取民族独立的革命洪流，用革命的诗篇，号召、组织人民奋起斗争，反抗压迫。1846年，在血与火的淬炼中，裴多菲创作了著名的箴言诗：“生命诚可贵，爱情价更高；若为自由故，两者皆可抛！”诗作一经问世，即传遍四海，成为无数革命者的铮铮誓言。在他后来短暂的人生岁月里，裴多菲以诗为号角，一手挥笔，一手握枪，凭借一腔热血和一身豪情，始终战斗在民族独立斗争的最前线。1849年7月31日，年仅26岁的天才诗人、伟大的民族英雄裴多菲在瑟克什堡与沙俄军队的血战中英勇献身。

裴多菲抛下22岁的妻子和1岁半的幼子永远地走了，但他却为后人留下了800多首诗作和80多万字的文学作品，成为世人之楷模。

90多年前，当中国还在苦难中挣扎的艰难时刻，伟大的文坛巨匠鲁迅先生独具慧眼地看到了这位远隔万水千山的革命歌手。在他看来，这位异国他乡的年轻同行与自己的那颗心是那么一致，那么相通。他激动不已，翻译了裴多菲7首诗作并为他作传，尊称他为“诗人和英雄”。

来自遥远东方文坛巨匠的赞誉，来自兄弟国家人民的声音，匈牙利人民怎能忘怀！1987年，中匈两国人民在裴多菲故居展厅的后院，庄严地竖

起了包括鲁迅先生在内的十几位翻译家的塑像。

当我肃穆地站在大师的塑像前，站在异国他乡的亲人面前，伟大、慈祥、亲切……我静静地凝视着，我们亲切地用心交流，许久，无声无语，无边无际，无休无止……

是的，大师永远地走了，但大作却将大师永远镌刻在人们的心间！

为了灵魂而活着

他是“俄国革命的镜子”，是“最清醒的现实主义”的“天才艺术家”。这是伟大导师列宁对大文豪列夫·托尔斯泰最深刻、最恰当的评价。

托尔斯泰1828年9月9日出生在俄国图拉省的贵族家庭，2岁就失去了母亲，9岁那年父亲突发脑溢血，病死在去省城的路上。自小就失去双亲的小托尔斯泰是由远房姑妈照料长大的。

尽管托尔斯泰幼年连遭不幸，但他的童年还是幸福的，因为他的父系和母系都是俄国贵族，其曾祖父曾是彼得大帝时代的国务大臣，世袭伯爵。祖父曾立下赫赫战功，出任过喀山省省长。母亲家族更是富贵显赫，其外祖父受封公爵，托尔斯泰的故居——亚斯纳亚庄园就是他母亲当年的陪嫁。

亚斯纳亚庄园恢宏大气，它就像俄罗斯民族的性格那样粗犷、豪放而

无拘无束，它是那样地自然质朴，没有精雕细琢，但浑然天成。它阔大雄浑，占地1600多公顷，一望无垠。这里有最肥沃的黑土地，有湛蓝如镜的湖泊，有缓缓的坡谷、滚滚的河流，还有葱茏茂密的森林和草场。

托翁对这个庄园怀有极深的感情，他出生在这里，并在这里创作完成了《战争与和平》《安娜·卡列尼娜》《复活》等传世佳作。他在这里度过了大半生，最后也安葬在庄园西北部的丛林之中。他曾深情地说过："倘若没有亚斯纳亚……我绝不会对祖国爱到如此痴迷的地步。"是啊，亚斯纳亚是托翁生命的源泉、俄罗斯文坛之圣地！

我在春天和秋季先后两次走进托翁的故居，饱览了他引以为豪的亚斯纳亚庄园的优美风情。

来到庄园，令人震撼的是大门左右那两座独具特色的圆筒形小塔楼，绿顶白身，威严庄重，分外耀眼。据说这还是其外祖父公爵将军的杰作，今天已成为托翁故居的象征。

进入庄园，左边偌大池塘的一泓碧水迅速热情地将你拥抱，接着，一条由高大的白桦林组成的林荫大道，将你引领到托翁曾经的故居宅邸。

故居楼，坐南朝北，上下两层，绿瓦白墙。庭前屋后，花圃果园，绿地丛林，相依相偎，简朴雅致，极具特色，令人陶醉。

走进故居一楼前厅，迎面是一个个摆满图书的桦木书柜。通过一道宽宽的楼梯迈步二楼，右拐便进入大厅，这里便是托翁昔日活动的主要场所。移步向前，客厅、书房、卧室、秘书室、图书室，井然有序，宽敞明亮；写字台、图书、台灯、挂像、钢琴、象棋……琳琅满目，古朴厚重。

最令人难忘的是与客厅相邻的那间书房，这里曾经是托翁的创作室，室内那张包着绿天鹅绒布的核桃木大写字台，张扬地占据了大半个空间。据说这还是托翁父亲的遗物，因为年代久远，布面已磨得发白，尽显沧桑。正是在这张写字台上，托翁完成了《战争与和平》和《安娜·卡列尼

娜》两部震撼世界的巨著，从而奠定了其在文坛的地位。

在艰苦的创作实践中，在向世人奉献出一部部伟大作品的同时，托翁的世界观也发生了天翻地覆的转变。他对俄国贵族社会的虚伪、政府机关的暴虐和官办教会的伪善越来越无法容忍，他开始运用自己手中的笔对俄国社会的丑恶现象进行尖锐的揭露和深刻的批判。

晚年的托翁，这位俄国贵族的“富二代”，开始追求平民化的生活，心甘情愿地做一个自食其力的“农夫”。他为自己曾经的老爷生活感到羞耻而努力赎罪。他一袭农民打扮，身穿粗布长衫、树皮鞋，戴草帽，亲自下地扶犁耕种，参加田间劳动。他拒绝吃肉，戒绝烟酒，放弃版权，把全部财产处理权交给妻子。他甚至认为，“手上没有老茧的人”，只配靠人施舍，吃“残羹剩饭”。

托翁毕其一生，追求“自我道德完善”，为了灵魂而活着。他在完成思想激变之后，不但憎恶私有制，同情基层农民，提倡彻底“平民化”，而且在文学创作上也力求用底层人民的标准塑造和看待作品中的人物，“用心灵辩证法”为底层民众寻找人生之路。

1910年11月7日，伟大的文坛泰斗列夫·托尔斯泰永远地走了。当他告别为之奋斗终生的事业时，依然显示出其高尚的人格追求。临别，他留下遗嘱：死后，用最廉价的棺木，像埋葬乞丐一样。不摆鲜花和花圈，不致悼词，不立墓碑。人们遵照他生前的遗愿，把他埋葬于庄园西北的一片从林谷地之中，因为这里曾是他童年与兄弟姊妹追逐玩耍的天堂。

著名的奥地利作家茨威格曾无限感慨地说道："我一生从未见到比这更为简陋的坟墓，但是，再也没有比这简朴的坟墓更美、更有诗意了。"

“老柴”的爱情童话

“老柴”，谁人也?

“老柴”，即为中国乐迷所亲切称呼的彼得·伊里奇·柴可夫斯基。

“老柴”，是彪炳世界乐坛的大师级人物，是全世界人民心中伟大的偶像、音乐艺术之“魔术大师”。

“老柴”，其实不老，他自1840年诞生于俄罗斯卡马河畔的矿山小

镇，到1893年突患霍乱，病亡于圣彼得堡，满打满算在人世间也不过53个春秋。“老柴”终其一生坚守于俄罗斯这片丰腴的文化沃土之中，勤奋耕耘，发奋创作，在交响曲、歌剧、芭蕾舞剧、协奏曲、音乐会序曲、室内乐和声乐浪漫曲等方面都取得了惊人的成就，为人类留下了一部部不朽的名作。

“老柴”的故居克林庄园，位于距离俄罗斯首都莫斯科大约90公里的北郊。这里是“老柴”生命最后的居所，虽然他在此仅居住了不足两年的时间，但故居仍保留着大师许多珍贵的回忆，著名的《悲怆交响曲》就诞生在克林庄园，今天的庄园已变成了“柴可夫斯基纪念馆”。

庄园在古城克林的边缘，篱笆墙外视野开阔，山岗缓平，小河蜿蜒，天高云淡，层林尽染，美不胜收！

远远望去，克林庄园就是一片茂密的树林，故居纪念馆从容地掩映于丛林之中。我在林木身披嫩绿和金黄盛装的春、秋两季，先后两次拜访了大师庄园。

穿过黑色厚重的大门，进入庄园，便是一条不宽的、金黄色的沙铺小

路，直通一栋银灰色的两层主楼，主楼旁是一栋白墙绿顶的小巧配楼。

故居的一层是一个大餐厅和客房，长方形的餐桌上铺着洁白的桌布，几把老旧的桌椅按主人的习惯摆放着，餐桌上方是漂亮的吊灯，墙边竖立着棕色的法式餐柜，简洁、古朴、大气。

二楼是大师的卧室和多功能厅，靠窗处放有一张大写字台，上面摆放着的是大师生前用过的笔、乐谱和灯盏等。靠墙的小书柜里收藏着他生前常用的乐谱和书籍。大厅的正面墙上悬挂着大师父亲和家族的照片。在多功能厅的中央是一架经典夺目的钢琴，三条又粗又圆的琴脚在屋内傲然撑起一片音乐艺术的天地。这是大师的生命，是大师所爱。在这里他执琴创作，与琴对话，弹琴吟唱。如今，人们在依然摆放着《悲怆交响曲》手稿的钢琴旁，仿佛能看到大师当年激情创作时潇洒倜傥的身影。

天才“老柴”之一生，幸运而辉煌。他呕心沥血，不懈奋斗，硕果累累。

正直“老柴”之一生，也是创造爱情神话的传奇一生。

1876年的初冬，“老柴”为全身心地投入音乐创作，辞去了艺术学院的教职，经济顿时陷入困境。就在此时，幸运之神来到了“老柴”的身边，善良而富有的梅克夫人伸出了圣洁的援助之手。由此，两人在世界乐坛上演绎出一段被世人赞赏不已的、柏拉图式的恋情童话。

梅克夫人，是一位热爱音乐、精通音乐，还弹得一手好钢琴的富商遗孀。她16岁出嫁，40多岁时丈夫因病早逝，留下一笔丰厚的财产。她在朋友家第一次听到钢琴曲《暴风雨》时，即为那优美激昂的旋律倾倒。更令她震撼的是，这部曲子的作者、比自己小9岁的柴可夫斯基，正因为献身音乐创作而贫困无助。顿时，她那颗善良的心被感动了，那颗高傲的心被融化了，自此，她担当起拯救这位音乐天才的使命。她用一个女人圣洁的资助，佑护这段童话般的恋情，托起天才的柴可夫斯基这颗刚刚升起的新星！

梅克夫人对柴可夫斯基每年6000卢布的资助，并非是赤裸裸的救助，而是周到地考虑到艺术家的体面，通过收藏柴可夫斯基作品手稿的方式相交换。当然，她还有附加条件：她永远不想和被她资助的天才见面，偶尔相遇时，不打招呼，不能看她，更不能交谈。在困难中挣扎的柴可夫斯基欣然应允。

尽管柴可夫斯基依诺不能与梅克夫人见面，不能相交、相谈，但两颗相通的心，却在以书信的形式隐秘地沟通、交谈、思念着。一直到1890年的金秋，漫漫14个春秋，两人往来书信1200余封。他们以书信为载体，畅谈音乐，倾诉衷肠，抒发情感，激励人生，鱼雁不绝使他们心

贴得更加紧密。14年间，他们两人曾两次相遇，但却没有交谈。柴可夫斯基几次去她相赠的乡间别墅小住，她总会在他到来之前消失得无影无踪。

这就是他们的恋情，这就是他们创造的童话，这就是柴可夫斯基在伟大的音乐作品之外留赠后人的最富有传奇色彩、最具戏剧性的爱情“遗产”。

1893年初冬，为音乐事业苦苦奋斗一生的柴可夫斯基，中国音乐人心中伟大的“老柴”，在他最后的杰作《悲怆交响曲》成功演出9天之后，突染霍乱，不幸逝世。在弥留之际，柴可夫斯基还在声声呼唤着给他带来艺术灵感和思想碰撞的梅克夫人的名字。

正在法国尼斯疗养的梅克夫人，悉闻噩耗，悲痛欲绝，病情恶化，3个月后也与世长辞。

无疑，柴可夫斯基是俄罗斯乐坛上极为灿烂辉煌的明星，也是世界乐坛爱情童话绝无仅有的创作者。

罗丹与三个女人之命运

朋友，你到过法国巴黎吧？你参观过巴黎罗丹博物馆吗？它让你开眼界、长知识，它让你终身受益、永志难忘。

大师罗丹博物馆就坐落在浪漫的法国巴黎塞纳河南岸一条经典的梵伦纳小路上，当你迈进博物馆之门，立即就会被那宏大壮观的气势所震撼。看，它有多大的胸襟、多大的气魄、多大的手笔吧，占地2万多平方米，经典的洛可可建筑，满园花团锦簇，林木峥嵘，蝶飞蜂舞。近处，一幢雄伟的古典大楼傲然挺立于庭院之中。远处，一泓湖水倒映着蓝天白云。博物馆院内，世纪经典《地狱之门》位于道路左侧，神来之笔《思想者》位于道路右侧，3米之高的《巴尔扎克》塑像风度翩翩地隐于草坪一侧，栩栩如生的《加莱义民》群雕安静地矗立在草坪另一侧。拾步登楼，上下两层，16个展厅，室内室外，6600多件展品，琳琅满目，美不胜收。

这是罗丹一生雕塑艺术作品集结的圣地，这是罗丹波澜壮阔一生的最后居所。

罗丹由一个穷苦多难的少年成长为世界雕塑艺术的一代巨匠，无疑他的一生是成功辉煌的。

世上事，大凡成功者身后总有那么一些陪伴者、奉献者和牺牲者，一路相随、相扶、相助，无论是艰辛无奈或是喜乐顺遂，不离不弃，无怨无悔，义无反顾地向前走。罗丹就是这样一位被奉献者一路追随的成功者。

少年时代，罗丹的姐姐玛丽是他迈上艺术之路的第一位伟大的奉献者。

奥古斯特·罗丹1840年11月12日出生于法国巴黎的一个贫穷的基督教家庭。父亲是一名薪资微薄的警务信使，母亲是位穷苦的平民妇女，一家

终年为温饱而奔波操劳。罗丹小时候功课很差，一度失去求学的信心。父母一心希望他勤奋读书，长大成才，改变家庭状况，但事与愿违，父母焦急无奈。

不过小小年纪的罗丹有自己的天赋和主见，一心爱好画画，喜欢美术。画画能养家糊口吗？小罗丹的追求与父母的期望发生了冲突。善良、干练的姐姐玛丽挺身而出，她十分理解弟弟，并支持弟弟坚持自己的追

求，走自己的人生之路。在姐姐的鼎力支持下，失望的父亲不得不同意将少年罗丹送进了巴黎美术工艺学校。自此，心怀一腔成才梦、感恩心的罗丹，靠着姐姐日夜辛苦挣来的工钱维持艰苦的求学生涯。他十分珍惜这来之不易的学习机会，如饥似渴地学绘画，学雕塑，学装帧和制图。他博览群书，广纳博采，甘做他人的助手，他抽空就去罗浮宫临摹大师名作。

历经数年的艰辛努力，罗丹踌躇满志，决心报考巴黎艺术学院。可是让人始料不及的是，罗丹三次报考，三次落榜。更令人气愤的是，那位老迈的主考人竟然在罗丹的名字旁写下了“此生毫无才能，继续报考，纯系浪费”的批语。罗丹被永远拒之门外，罗丹的梦想破灭了。更沉重的打击接踵而至，用汗水和心血帮助、支持罗丹学艺的姐姐因失恋进了修道院，两年后，悲惨地去世了。最疼、最爱、最懂自己的姐姐走了，罗丹悲痛欲绝，他彻底崩溃了。心灰意冷的罗丹竟然也步姐姐的后尘，决然放下刀、笔，走进了修道院，做了一名修道士。在罗丹最煎熬的时刻，善良明达的修道院院长看透了他的心思，发现了他的才气，及时劝说、抚慰这位伤痕累累的年轻才俊，鼓励他勇敢战胜苦难，回归“用艺术为上帝服务”。

天才就是天才，悲痛中的罗丹醒悟了。他决心用自己最伟大的作品回报九泉下的姐姐。同时，他用一颗被抚慰而感激的心，为知己院长精心制作了一幅雕像，以示谢意！

青年时代，罗丹的妻子罗丝是他艺术道路上无怨无悔的伟大陪伴者。

罗丹终于又回到了魂牵梦萦的雕塑创作之中，也又陷入了贫困潦倒的生活之中。也许是命运的安排，就在他最艰难的时刻，两手空空的罗丹与年轻美貌的缝纫女工罗丝·贝莉相遇了。他们一见钟情。她甘愿为他当模特，为他料理家务，管理账目，无微不至地照顾他的生活起居，为他的艺术追求不惜牺牲一切。不久，他们同居生子，生活的重担压得她难以喘息。她很累、很难，但她以常人难以想象的耐心和韧性默默地守候着他，陪伴着他。

这一陪伴啊，整整50个春秋，青春已逝。与他同居了半个世纪的罗丹也垂垂老矣。想往矣，一生蹒跚走来，他到底把爱情给了谁人？大概唯一的爱是终生献身的雕塑艺术事业！

病榻上的罗丹，望着陪伴自己一生、日益衰老的罗丝，流泪了。他决定马上与罗丝注册结婚，给她一个称心的、正式的婚礼，还她一个迟到而又久经淬炼的名分——妻子。

善良正直、勤劳通达的罗丝，终于得到了她一生苦苦追求的一切——迟到的婚礼，迟到的名分！

不论结局是仓促的凄凉，还是迟来的圆满，毕竟罗丝是笑到最后的伟大女性。

婚礼后的两个星期，伟大的雕塑艺术之父罗丹永远离开了这个世界，离开了爱妻罗丝。

中年时代，罗丹的情人卡米尔是他艺术之路上的悲惨牺牲者。

迈入中年的罗丹，正步步逼近雕塑艺术之巅，声名日隆，春风得意，前程一片辉煌。

1885年，最是罗丹人生激情燃烧的岁月，是他终生难以忘怀的时间。这年，他与年方20岁的才女卡米尔·克洛代尔相逢了。她天赋极佳，才情

初露。一个是事业蒸蒸日上的艺术天才，一个是激情四射的绝代佳人，他们相互倾慕，相互爱恋，如胶似漆，须臾不能分离。他为她指点迷津，她虚心求教于他，甘愿做他听话的学生、绝妙的模特、敬业的助手，他们相互成为对方灵魂的寄托和创作的灵感。

但是，甜蜜的日子没有多久，导师罗丹不辞而别，悄然离开了卡米尔，他没有一句话，没留一个字。是才女倔强不羁的性情，还是他作为名人的任性无情？风云突变令还沉醉于梦中的卡米尔痛不欲生。她整日整夜地在房间里来回踱步而难以入眠。她缄默，她怨恨，她以泪洗面。后来，她重新拾起信心投入艺术创作，将一腔的不平和思念全部倾洒于作品的肌理之中。尽管他们几经相会，但终以她的离群索居而分手告终。

人别离，情亦在，思念愈烈。卡米尔一气之下搬到一间破旧的小屋，整日闭门不出，拒绝与人交往，天天默默地凿打着冰冷的石头，追忆着曾经的温情，她变得日益孤独阴郁，作品没有买主，生活无着，饥寒交迫，哀怨和贫困日益吞噬着她虚弱的生命。

在被妄想症折磨了整整8年之后，她世上唯一的亲人——父亲的突然离世彻底击垮了她。卡米尔疯了！她披头散发、赤脚光臂喊叫着，砸毁了亲手雕制的作品。她被关进了她人生的最后归所——精神病院。

命运啊，多悲惨的命运，多不公的命运啊！就在可怜的卡米尔全身捆

着件精神病人的缚身衣、蓬头垢面、日夜敲打着冰冷的墙壁声泪俱下地呼唤着罗丹的名字的时候，昔日与她如胶似漆的情人——罗丹正匆忙地与罗丝举行着他们迟到的婚礼！

30年后，一代才女卡米尔在禁锢她的一间寒若冰窟的病房里，停止了她悲切哀怨的吼叫，她不平地走了！享年79岁。

没有人去，没有人问——一个中风的、疯癫的老女人的走！

唯有医院上空盘旋的乌鸦那声嘶哑凄凉的悲鸣，在天际久久回荡！

是啊，人生就是一场盛大的遇见，也是一场注定的无解。曾经相望而行、相濡以沫，经历过后，撒下的却是一地的遗恨和思念。

这也许就是世事人生吧！

徜徉在莫奈花园

吉维尼，这个法国巴黎身边最微不足道的小村落，却卧藏着最被世人敬仰的印象画派之父克劳德·莫奈的居所——莫奈花园。

莫奈花园，她有着举世无双之美！

她之美，不是古典之美、豪华之美、恢宏之美。她之美，是那种别致之美、精致之美、田园之美，是那种淋漓尽致的美。她美得令人激动，让

人震撼，使人热血沸腾又终生难忘。

莫奈花园，之所以被人们称道、让人敬慕、让人向往，是因为她养育了大师，诞生了大作，是名副其实的艺术圣地。

莫奈，是近代绘画史上最杰出的印象派代表人物，开创了绘画的新纪元。1840年，他诞生于巴黎的一个杂货商人家庭，早年即显露出非凡的艺术天分。但他与生俱来的离经叛道、倔强的性格，让他一生为此付出沉重代价的同时，也收获了彪炳史册的辉煌。从最开始步入艺术之路，他压根没有踏进枯燥无味的学院闻道学艺，而是违背父母意愿，日夜沉浸于沙龙酒馆中高谈阔论。因为在他看来，在那里的艺术见闻和绘画体悟最鲜活、最令他陶醉。

当然，世间任何一个拓荒者都是苦难者。既然你立誓与传统决裂，那便注定被社会主流孤立，也就必然贫困不堪。为躲避债主，莫奈曾居无定所、四处流浪、尴尬无奈，走投无路的他也曾一度想以自杀来结束自己多舛的一生。

1874年是莫奈人生旅程中纵横捭阖之年，也是他否极泰来之时。“无名画家展览会”上，那幅《日出·印象》的画作，竟如狂风巨浪般地搅动了法国画坛。他被挖苦，被嘲讽，“连糊墙花纸也比这幅海景画来得精美”。但莫奈岿然不动！在论战、争议中，他塞翁失马，他赢了！一幅作品、一次展会，竟成就了他“印象画派之父”的地位，《日出·印象》之作也成为确定印象主义画派名称的传世之作。

莫奈成名了，成大名了！这之后，莫奈追求探索的脚步却从未停止。

终生依恋大自然、钟情于阳光和生命的莫奈，于1890年终于拥有了心仪的吉维尼这幢居所。这处由一栋粉红色长方形两层小楼和果园组成的花园，倾注了莫奈所有的情感——“我的心将永远留在吉维尼”。自此，他

在这里规划、改造、建设、经营、创作，莫奈花园成为他心灵的归所、感情的寄托和艺术创作的灵感源泉。

2011年的金秋十月，我又一次来到了大师的吉维尼花园。此时的花园一派生机、一派辉煌，满园金黄与翠绿，花园之美，任怎样想象都不为过。

花园其实就是一幅绝妙的田园风景画。花园大致一分为三，近景，就是迈步入园的那排被层层藤萝拥抱着的粉红色两层小楼，这里就是主人的会客室、卧室、餐厅、书房和创作室了；中景，几乎被花草和果木吞没的花圃小径和果园所占据；远景，也就是主人最得意之作——垂柳虹桥相伴的睡莲池。这里原本只是一个小小的池塘，后来，主人引爱蒂河支流的水入园，将池塘扩大成今天的规模。

整个莲池由著名的日本桥连接装扮而成。小桥左右竹林相拥，紫藤相绕；池边小径绕池塘而伴，水流清冽，低鸣浅唱，蜿蜒远去。水边路旁的绣球花、百合花、风铃草簇拥着池中含羞的丛丛睡莲，微波轻漾，柳枝低垂，小舟静泊，风染红叶，银苇飘絮，天光水色，无限生机，令人陶醉。

晚年的莫奈，对睡莲池不仅仅是一种情趣的迷恋，更是一种理想的寄托、生命最后的寄托和终生艺术追求的寄托。

在这里，他和家人漫步，和友人野餐，为女儿举行婚礼。他一生的喜怒哀乐、酸甜苦辣都一股脑地抛洒在这片面积不大的土地上。睡莲池中那多变的光影和色彩，尤其令莫奈兴奋不已，俨然就是他心目中的理想的“印象”。而这湾美不胜收的小小池塘与他水乳交融、难以分离，最是表达他艺术追求的圣地。

晚年的莫奈，视力越来越差，从事户外创作也越来越力不从心。但他依然顽强地坚持印象画派的理想追求，紧紧地依托着家门前的这片花园、

这汪池水，把全部精力都投入到大型组画《睡莲》的创作中。《睡莲》既是莫奈最后的绝唱，也是他一生艺术追求的巅峰。

在大美无边的莫奈花园里，我漫步着，我徜徉着，我欣赏着，我思索着，我品味着……

这哪里是一座花园，这分明是一首田园诗、一幅风景画，是一曲辉煌灿烂的人生赞歌！

伊藤博文之罪与罚

日本山口县的荻市是座濒临日本海的小城邑。城市不大，但历史悠久，至今为小城留下辉煌记忆的是300多年前毛利辉元等武士们征战沙场的史迹，是胜利者留下的那满城满街的旧居老宅。故而，今天的荻市就成为日本名副其实的历史文化名城。

深秋的清晨，薄雾笼罩的古城荻市却泛着冬的寒意。我们乘车跨过一座石砌的古桥，左拐不远就在一条短小的街道旁停下。放眼望去，满城是一袭的灰色冷调，沉浮在晨雾中的古老宅邸一幢连着一幢，一排接着一排，鳞次栉比，顺序伸向远处。街道由屋舍分割成棋盘状，横平竖直，整洁冷峻。大街小巷，人迹稀疏，找问路的人一时也难寻觅。乍看，这里很

难找到五彩缤纷、眼花缭乱的现代化日本的影子，取而代之的是一片灰暗、一片凝重、一种压抑，好像今天的荻市依然是在过去。

导游引领我们在一座古老宅邸前停下，宅子方方正正，高高的木制门楼下，门敞开着，两块花岗岩石碑肃穆地挺立在门的两侧，围墙不高，由一丛丛修剪整齐的冬青围成。走进小院，黄沙铺就的小路曲折通向木墙草顶、出檐深远的屋舍门口。由于日本气候温和，雨水充沛，盛产木材，双坡木架草顶就成了日本传统的建筑形式。古旧的沙铺庭院管理精当，干干净净，花木葱茏，一木一石的细节间显露出昔日的辉煌。几株上了年纪的松柏古树弯腰弓背，艰难地伸向雾气弥漫的天际，居高临下地默默阅尽小院的兴衰更替、生死荣辱。

我们顺着导游的提示向屋内望去，地板架空，平面方形，物件简约，小巧精致，别有洞天。空旷、规整、简洁、安静是这里的主题词。两组四幅泛黄的照片悬挂在房间墙壁上，几束鲜花躲在墙下，似羞涩地向人们诉说着昔日宅邸主人的逸事。

这座别有风味的经典宅邸就是日本鼎鼎大名的明治宪法之父，日本第一位内阁总理大臣、枢密院议长、贵族院院长伊藤博文曾经的居所。

伊藤博文1841年10月16日出生于日本长州藩熊毛郡束荷村的一个贫苦农民家庭。父亲林十藏性情粗暴，好逸恶劳，不善养家理财，几经折腾，债台高筑，无奈只得离家外出谋生。伊藤博文7岁时就跟随母亲寄住在外祖父家。由于家境艰难，伊藤博文小时身体瘦弱，脸色青黄，被同伴戏称为“青葫芦”。

别看伊藤博文小小年纪，弱不禁风，但他可是一个调皮捣蛋、惹是生非的“熊孩子”，有时为了达到目的会不择手段。

当时，日本农村的孩子时兴一种类似警察抓土匪的游戏。一年初冬，伊藤博文带领同伴向对方孩子发起了进攻，双方刚一交手，他和同伴就节节败退。情急之中，机智诡诈的伊藤博文，命令同伙将对方诱入枯败的草丛中，再堵住对方退路，他占据上风口后，竟然放火烧人。结果对方伙伴

误入火海，多人被烧伤。可怜的母亲只得挨家挨户赔礼道歉，以求得邻居们的宽恕。故此，“祸害星”的外号一直伴随着他起起伏伏的一生。

尽管伊藤博文机巧滑头，不乏诡计，但他自幼确实备尝人生之艰辛。他少时寄居寺院，做过侍童，干过杂役，年龄稍长便去服役守边。后来生活有了转机才得以入村塾就读，习文识字，后又入炮术传习所学习军事。

然而，在人生的运程中，有时会突如其来地发生一些意料之外的转折，使命运转向顺境，甚至步入辉煌。伊藤博文的人生转折发生在1863年，他刚满22岁的青春黄金时节。这年他时来运转，幸运地受遣去英国留学深造。在这之后仅仅半年多的时间里，这个昔日的村野顽童少年，顿时被西方纸醉金迷、流光溢彩的资本主义世界完全征服。他震惊了，他开始走向世界，发誓要改造封建落后的日本。

伊藤博文回国后，紧紧追随明治维新的先驱们，勇敢地搏击于改革的大潮，稳步、快速地走上政治舞台的前沿。他大胆地提出，把欧美各国的政治制度、风俗习尚、教育理念、生产技术移入日本，尽快使封闭落后的

日本进入开明的强国之林。

他草拟国是纲要，主张废除封建诸藩，设立郡县，统一兵力、财力，大力发展国民教育。他在位谋政，力排众议，身体力行，积极推行货币制度改革，引进外资，加速铁路建设，推进交通运输业的近代化。

在改革大潮中逐渐成长的伊藤博文，成为日本政坛一颗冉冉升起的政治新星、一匹奋力冲刺的改革黑马。

1871年，以伊藤博文为副使的使节团，历时近两年，再次访问欧美十多个国家。西方社会日新月异的发展更加坚定了他采用西方先进科学技术，推进日本资本主义工业化的勃勃雄心。

经过数十年政治风雨的洗礼，长袖善舞、诡计多端的伊藤博文在政坛的地位与作用日益显现，逐渐成为明治政府不可或缺的坚强柱石。特别是在明治三杰、政坛宿老先后死去之后，伊藤博文便成为日本政界最具实力的人物。1881年，野心勃勃的伊藤博文发现时机已经成熟，为独揽大权，他秘密联合政府中的州系官员、皇室公卿，发动了“明治十四年政变”，排挤了强硬的政治对手，一跃成为日本政坛头号领袖。

大权在握的伊藤博文，没有放慢改革的步伐，而是加速向改革的纵深领域推进。他制定了日本宪法，设立了枢密院。在他的建议下，日本政府废除了太政官制，实行西方资产阶级的内阁制。不久，伊藤博文终于实现

了他梦寐以求的人生奋斗目标，成为日本首位内阁总理大臣并兼任宫内大臣，大权独揽，权倾朝野。

伊藤博文胜利了，伊藤博文成功了！伊藤博文成为彪炳史册的明治宪法之父，四度出任日本首相，带领民众把日本逐步从一个贫穷落后、闭关锁国的小封建岛国奇迹般地变成东亚头号强国。

伊藤博文是日本大和民族的鼎鼎功臣，同时又是中华民族刻骨铭心的历史罪人。

苦难深重的中国人民永远不会忘记，是他——日本第一位内阁总理大臣伊藤博文亲手发动了中日甲午战争，是他亲自策划了对旅顺、威海卫的屠城计划，实施了占领台湾的血腥侵略行径，还是他利用卑鄙可耻的威逼利诱手段，逼迫腐败无能的清政府签订丧权辱国的《马关条约》，使中国自此彻底沦为半殖民地半封建社会，将中华民族推到了生死存亡的危急关头。而日本凭借从中国勒索的两亿三千万两白银赔款，迅速成为世界不可一世的列强。

但是，人之命运就是这样难以参透——他可以转向顺境而辉煌，也可以转向地狱而成厉鬼。1909年的10月26日，呼风唤雨、叱咤日本数十载的伊藤博文，最后的人生大戏在中国的哈尔滨戛然落下帷幕。

这天的上午9时许，春风得意的伊藤博文在成功与沙俄财政大臣科科夫佐夫谈妥日本在满洲势力范围后，兴致勃勃地来到了哈尔滨火车站站台检阅俄军仪仗队。当他向前来迎接的各国领事馆人员和当地日本居民致辞的时候，侠肝义胆的朝鲜义士安重根，穿越俄兵队列，走到距伊藤博文5米处，从容掏枪，7发3中，5秒钟干净利落的让这个沾满中朝人民鲜血的罪魁祸首中弹绝命！

2014年1月19日，安重根义士纪念馆在哈尔滨火车站隆重开馆，义士名垂青史。

人，不义则亡！至极则亡！伊藤博文，不义至极，必亡！

天才的孤独者

金秋的欧洲，10月的德国，是最美、最浪漫的。9月一到，秋风劲吹，漫山遍野红的、黄的、紫的、蓝的、绿的……各种色彩一窝蜂似的闪亮登场，似野火，似潮水，似云霞，色彩斑斓，目不暇接，令人心醉。不过，游欧洲，不游欧洲的古城小镇，舍此乡村之旅，那就算不上真正意义的欧洲之旅了，只是不完整、不全面、不彻底的“到此一游”。欧洲的精华在哪里呢？在大都市之外的乡村小镇。这里是欧洲之根、欧洲之血脉、欧洲之精神，这才是欧洲之精华、欧洲之大美。此时，你若游走在欧洲古城乡镇花红草肥的乡间小径，天高云淡，火树红花，那才别有一番韵味呢！

我披着一身金秋绯红的朝霞，迈进了弗里德里希·威廉·尼采德国魏玛的故居。故居就坐落在别具特色的古城小镇。它面积不大，但小巧玲珑，是一幢非常精美的花园别墅。它红砖砌墙，灰瓦盖顶，四周镶着棕色的边饰。紫红紫红的爬山虎，疯狂地爬满了大半个墙，朝阳下分外耀眼。墙角边，灌木丛，花果缀满了枝头。庭院中，红枫苍松，直入云端。翠绿的草坪上洒满了金黄的落叶，灿烂多姿，犹如画卷，令人如醉如痴。

走进宽敞明亮的大厅，一袭棕紫色的木质地板，沧桑厚重，彰显着主人昔日的奢华富贵。但唯独少了故人昔日的用品和气息，除了疏朗的几幅旧照和占满双壁的精致书籍外，唯一令人难忘的是尼采那尊有些夸张的、修长的白色全身塑像，孤独无神地伫立在那矮矮的木台上，阳光下，显得那么不协调，那么孤单，那么忧郁不安。

是的，孤独、忧郁是尼采的个性，是他一生的遭际。

尼采是诗人，是天才的诗人；尼采是思想家，是西方现代哲学的伟大开创者、人类思想史的杰出代表。他是一座巍然耸立的思想丰碑。

但是，尼采的一生是不幸的，命运是悲惨的，他是一个生不逢时的“失败者”，一个孤独的天才。

1844年10月15日，尼采出生于德国一个乡村牧师的家庭。父亲是国王的宫廷教师，母亲有波兰贵族血统，尼采因与当朝国王同一天生日而被恩准以国王名字命名。可是命运并没有偏向这位天才，他一生并不大富大贵，也不走运。他5岁时，当牧师的父亲亡故。童年的他随母亲远离自己的故乡，10岁入学就读，但17岁却患重病休学。到20岁时，他进入大学攻读神学和古典语言学，25岁风华正茂的尼采开始发迹，成为著名教授，也是当时学术界的精英和上流社会的新星。

这个才气横溢、光彩夺目的天才青年，此时似乎一帆风顺。他乘势而为，摇动笔杆，著书立说，指点江山，一鸣惊人，《悲剧的诞生》《查拉图斯特拉如是说》《不合时宜的考察》《善恶的彼岸》《反基督徒》等大作激情四射，豪气冲天。他无情地抨击普鲁士的霸权主义、德国的强权政治；他横扫西方传统哲学，批判陈旧的道德

说教；他宣告“上帝已死”，宣布“超人”理想和“末人”形象的诞生。他离经叛道、标新立异的学说，一经问世，即刻引起一片哗然，喝彩者有之，批判者更众。一时，愤怒、诅咒、排斥、诽谤、批判之声似潮水般劈头盖脸地向他袭来。过去的亲友断绝了关系，昔日的知音反目成仇，旧时的同事也成了不共戴天的仇敌。尼采惊愕了，战栗了，犹豫了，他被彻底

孤立了。

尼采孤立无援了，但尼采并没有屈服。他毅然舍弃一切，为了心中的伟大理想，像苦行僧一样在这风雨飘摇的人世间废寝忘食，沉思冥想，挥笔疾书，孤独前行。

可是，长期的精神折磨使他精疲力竭，他已无法忍受长期的、残酷的孤独了。1899年，灾难降临了，尼采的精神彻底崩溃了。他疯了，他病倒了！

1900年8月25日，55岁的伟大的哲学巨人、天才的孤独者在魏玛愤然离世，彻底地告别了这个悲惨的世界。

呜呼，可悲，可叹，可惜啊！

天才的远逝是一个时代的悲哀，是整个人类的悲剧。因为人总是要靠思想站立，人类的未来不也是要靠思想的光辉养育吗？

一颗璀璨的流星

阿尔，是法国南部普罗旺斯省的一个田园小镇，像欧洲许多乡村小城一样，很别致，很经典也很有品位。小镇不大，但古老有故事，那一石一木、一砖一瓦、一街一巷都像上了岁数的老人，满肚满脑都饱藏着稀奇古怪的故事。

阿尔小镇故事多，且震撼人心，震撼整个世界画坛，这就是名人效应。1888年12月，世界级的艺术大师、后印象派画坛巨匠文森特·威廉·凡·高曾在此居住并制造了轰动画坛的、惨烈的割耳故事。

2009年10月17日，当小镇刚刚从梦乡中醒来，还沐浴在朝霞之中时，

我如愿以偿地来到了阿尔小镇拉马丁广场旁凡·高曾经的居所——“黄屋”。

因为来得太早，小镇街道行人稀少，一片冷清，故居紫褐色的铁门紧闭不语。

趁着这空儿，我们顺着墙上以凡·高画作制成的导向牌指示的方向，按图索骥，首先瞻仰了大师的墓地。墓地就在阿尔镇东边一个漫漫山坡上。墓园很大，墓碑林立，肃穆整洁。墓间野外，云雾蒸腾，山花烂漫，空寂无语。我们几番周折，终于在墓园的东南找到了凡·高和弟弟西奥的坟墓。

望着低矮质朴、有些寒酸的坟墓和碑前与朝霞相映的金子般的野菊

花，我心潮涌动，百感交集。我默默地注视着，思索着，向大师深深地躬身致敬。安息吧，伟大的、命运多舛的大师！

礼拜过大师的墓地后，我们匆匆赶回小镇大师生前曾经栖居的“黄屋”。

“黄屋”是一幢两层的小楼，周边被高高的围墙环抱着。今天的“黄屋”已经被改造成现代性的餐馆。

餐馆尚未上客，显得非常安静，我们顺着又窄又陡的楼梯来到了大师曾住过的房间：顶棚矮矮的，墙壁灰灰的，五六平方米的空间只有一张床和一把椅子，空空荡荡，简陋肃穆，令人窒息，令人感叹！这就是大师曾经的居所，这就是诞生杰作的地方？“是的，这就是凡·高的故居，而且在这里的日子是他一生中创作欲望最旺盛的时期。”向导向我娓娓讲来。

凡·高1853年3月30日出生于荷兰边境一个偏僻的村庄，父亲是一位忠诚的基督教牧师。凡·高在生命的37个春秋中，曾做过画店职员，担任过中小学教师，从事过播撒福音的牧师等职。尽管他自小就钟爱绘画，但几乎没有真正接受过正规的绘画训练，全凭禀赋和刻苦自学成才。在他短暂的生命历程中，真正拿起画笔为自己的梦想而创作，满打满算也只有10年的时光。其间，他曾贫困潦倒，曾遭受嘲弄打击，也曾卧床不起，但他对艺术的追求，孤注一掷，几近疯狂。他悲苦的一生就是向命运抗争、为艺术献身的一生，也是强烈捍卫个体生命尊严的一生！

凡·高，聪明过人，敏感易怒。35岁那年的初春，他告别即将结婚的兄弟西奥，南下小镇阿尔。刚刚住进小镇的时候，他心情很好。小镇平静安详，是他心目中创作的天堂。那时是他一生中难得的创作时光，他争分夺秒，日夜不休，以近似残酷的方式展开与生命的竞争、与艺术的对话。创作，无疑是他救赎的方式和生存的理由，唯有创作才能使他的情感与能量得以释放，他才能心安理得地活下去。

但是不久，凡·高心中的天平又失去了平衡，他猛然感到了无限的孤独、寂寞、失落和无聊。此时的他想到了仰慕已久的后印象派大师高更。他真诚地崇拜高更、欣赏高更，迫不及待地希望将自己的热情和创作理念与高更交流分享。为了迎接心目中的大师，他接连创作了十几幅油画将小屋装饰一新，以获

得高更的认同和信赖。

高更来了，他应凡·高的真挚之邀住进了“黄屋”。然而，高更没有对朋友的这番情谊做出应有的回应。在他看来，凡·高处事太过冲动，浮躁并缺乏耐性，他也不认同凡·高的生活态度和艺术理念。时间不长，两人的矛盾便日益尖锐起来了，直至大吵大闹。凡·高紧绷的神经达到了极限，他终于病了，他疯了！

1888年12月一个不安的夜

晚，凡·高突然手握锋利的剃刀，喊叫着要割断高更的喉咙。高更在惊慌失措中躲开了，而狂乱中的凡·高割下了自己的一只耳朵……

自此，凡·高终其一生无法摆脱精神疾病的折磨，他日夜狂想，忧郁，悲伤。他清醒时，创作出令人震惊的杰作；他病魔发作时，咆哮着呼唤死神的垂怜。

1890年7月27日，这位生活在低处、灵魂在高处的艺术大师，走进一片

苍茫的田野，拔枪朝向自己的胸膛，扣响了扳机。两天后，他走了！

凡·高是一位用鲜血和生命追求自己艺术梦想的杰出画家，在最为惨烈的生活境遇和对绘画艺术疯狂的追求中树立起跨时代的丰碑。他用画作超越了自己，超越了时代。他像一颗璀璨的流星，在其生命的瞬间燃烧中毁灭了自己，却在无尽的苍穹中留下了永恒的光辉！

契诃夫之“海鸥小屋”

当你翻开恢宏浩繁的世界文学史册，俄罗斯文学大家、巨匠群星闪耀，美不胜收。被高尔基誉为“一个独特的巨大天才”，列夫·托尔斯泰赞其“远比我更高明”的俄国著名小说家、戏剧家、短篇小说之王——安东尼·巴普洛维奇·契诃夫就是最典型的代表之一。

5月的俄罗斯大地，花红柳绿，春意盎然，一派生机。

也许是一种少时遥远的想望、一种对文学深挚的情愫吧，凡到了俄罗斯，我是一定要去拜访那心目中久慕的文学大师的故居的。

清晨，屋外淅淅沥沥地飘起了细雨，通往契诃夫故居——莫斯科向南40多公里的梅利霍夫庄园的公路上，异常宁静。微风过处，晶莹剔透的水珠纷纷辞别翠绿的叶冠，飘摇而下，大地像洗过般纯美洁净，让人仿佛进入了梦幻般的童话世界，令人陶醉。

契诃夫是我少时心中的文坛圣手、艺术大家。他那脍炙人口的《变色龙》《装在套子里的人》《海鸥》《公务员之死》等杰作，滋润了多少干渴的心灵；他那颇具人格魅力的幽默、讽刺、含蓄、甜蜜的微笑，曾经征服了多少文学粉丝！拜访文学大师之故居，瞻仰大师之英姿，正是我多年的夙愿。

春雨停了，太阳出来了，春日的大地又是一番崭新的气象。

步入故居庄园，乡野田园的气息扑面而来，门口小广场上，一尊高大的契诃夫塑像昂然挺立于天地之间。看！好客的主人已在门口迎接我们远方的客人了！

向大师塑像致意后，我们就迫不及待地沿着庄园湿漉漉的小径疾步向前。最先吸引我们目光的就是那排高高的蓝灰色栅栏，沿着园子一直蜿蜒而去，与周边翠色的草甸、红色的花圃、浅蓝色的屋顶浑然一体，形成了一幅典型的俄罗斯乡村风光图画，契诃夫的故居就傲然挺立在画面中央。房前屋后几十种乔木、果树、花草、蔬菜，与池塘一起将小屋装扮得如出嫁的新娘一般。眼下正是一年最浪漫、最灿烂的时光，院子上下一片翠绿，雨后斜阳，莺歌燕舞，漫步在庄园中，仿佛自己真的踱入了契诃夫绚丽多姿的世界。

契诃夫1860年1月29日出生在俄国亚速海滨的小城塔甘罗格的一个杂货商人

的家庭。爷爷是个赎身农奴，父亲尽管获得了自由身份，但一生痴迷于宗教，杂货店的经营一败涂地。父亲对孩子十分严厉，小时候的契诃夫，经常挨父亲的训斥，上学之余他要去教堂唱诗，帮父亲站柜台，料理生意。不过即使这样的生活也没有坚持多久。他15岁那年，经商失败的父亲，为逃避牢狱之灾，从故乡逃至莫斯科，丢下尚在学校读书的契诃夫兄弟。自此，契诃夫渐渐担起了支撑家庭的重担，直到他生命的终结。

契诃夫的文学创作生涯是由为谋生养家而给最通俗的幽默杂志写稿开篇的，这一写而不可收，几十年风雨兼程，用尽了一生的气力，呕心沥

血，耕耘在俄罗斯这块神圣的黑土地上。

契诃夫的梅利霍夫庄园是在他成功地完成了从一个通俗作家到经典大家的华丽转身之后，经济和创作双双获得成功之后，花费1.3万卢布从一位画家手中购得的。1892年春天，全家迁居于此。

就这样，契诃夫一生中最重要的庄园时光开始了。

一条长廊把我们引向一个个独具特色的房间，创作室、会客室、卧室、餐厅、厨房……尽管每个空间并不宽敞，也不奢华，但都收拾得那样整洁得体，那么井井有条、雅致温馨，家具上那一件件覆盖着的白色罩布告诉我们：主人远去，时光已逝！

步入创作鼎盛时期的契诃夫迁居乡下庄园的主要目的就是躲避不堪其扰的应酬之苦，而集中全力冲击文坛极顶。结果呢？事与愿违，来到庄园不久，随和厚道的契诃夫一家很快赢得了四乡八村的众多友情，拜访者走马灯似的川流不息。这是他所始料不及的，这又成了他新的困扰。于是，契诃夫决定在庄园内建造一幢小型的、可以安静写作的副屋，就这样，“海鸥小屋”应运而生了。“海鸥小屋”面积不大，但特别精致，特别简约，也特别靓眼，称其为“庄园之明珠”“童话之美神”亦毫不为过。它以主人的著名剧作《海鸥》而命名。

小屋隐藏于果园深处，花团锦簇，全木结构，一大一小两个房间，南北两面开窗，一张书桌、一张卧床占据了小屋整个空间。小屋那高高的、童话般的尖顶，镂空的、内敛的阳台围栏，曲折的、外置式的楼梯，堪称工艺品了。热情的管理员告诉我们，契诃夫住此期间，冬天小屋外积雪深厚，需掘出一条深深的壕沟，主人才能通达。而每值春天丁香、苹果和樱花盛开的时候，满园蝶飞蜂舞，万紫千红，打开小屋的窗户，满室花影摇曳，花瓣随风飘落桌案，那景致美不胜收。不过，昔日的这般情景，对我们今天的游客说来已是一种奢望了，因为小屋已多年不对外开放了。

契诃夫对自己这幢独具匠心的小屋，可谓情有独钟，十分珍爱。他在这里曾经日复一日，废寝忘食，发奋写作，著名的《第六病房》《农民》《海鸥》《带阁楼的房子》《萨哈林岛》《万尼亚舅舅》等一大批名篇大作就诞生在这里。

“海鸥小屋”之所以为契诃夫之最爱，还因为他在这里不仅收获了丰厚的文学杰作，而且还意外地收获了爱情之果。

温文尔雅的契诃夫，才华横溢，风流倜傥，作为声名远播的文学大家，对女性自然颇具吸引力。不过契诃夫终其一生，感情的大潮似乎从未漫出理智的堤岸，他对婚姻生活从不抱什么幻想，对爱情也从不无疑虑。所以直到他不惑之年，才与莫斯科艺术剧院年轻的女演员克尼别尔真诚相爱。

40年的人生岁月啊，契诃夫终于收获了这份迟到的、并非轻松的爱情。当然大师的爱情是别致的、含蓄的，他赠予克尼别尔的定情礼物也是别具一格，那是一张靓丽的照片，是他精心构建的“海鸥小屋”的照片。他用这特有的、意味深长的方式向克尼别尔发出了邀请。

也是一个明媚的春日，梅利霍夫庄园刚刚披上春天的盛装，“海鸥小屋”已被鲜花所拥抱，她来了，她走进了庄园，走进了大师的心里！尽管只有短短的三天时间，但多年后，克尼别尔依然难以忘怀。她深情地回忆说：“那里的一切都把我深深地迷住了，无论‘海鸥小屋’、花园、池塘、鲜花盛开的果树……这一切都那么使人陶醉……这是充满美妙的预感、充满欢乐和阳光的三天。”

斗转星移，世事难料。此时欢乐幸福的契诃夫心中已透出些许悲怆和苍凉，生命之薄幕正一点点收紧，肺结核病已使这位文坛巨匠一步步踱向生命的彼岸。

1900年，病中的契诃夫无奈地卖掉了亲手经营多年的、负载了他无数梦想的梅利霍夫庄园，告别了心爱的“海鸥小屋”而迁居黑海之滨的雅尔塔。

1904年7月15日夏日的午夜，久病不愈的文坛大师契诃夫饮过妻子克尼别尔送上的最后一杯香槟，微笑着走了！享年44岁。

别了，大师！

人，注定要走。契诃夫，注定永存！

列宁在高尔克庄园

20世纪是一个极不平凡的世纪，也是一个产生伟人的世纪。

列宁——弗拉基米尔·伊里奇·乌里扬诺夫，全世界无产阶级和劳动人民的伟大导师和领袖、苏维埃社会主义共和国联盟的缔造者、布尔什维克党的创始人，无疑是这群星闪耀的时期中最灿烂的那颗巨星。

列宁，1870年4月22日出生在俄国伏尔加河畔的辛比尔斯克城的一个贫苦家庭。自少年时代就立志为建设一个平等、自由、幸福的家园而斗争的列宁，带领人民经过几十年前赴后继的浴血奋斗，终于在1917年推翻了沙皇政权，取得了十月社会主义革命的胜利，建立了世界上第一个由劳动人民当家做主的社会主义国家。

革命成功了，人民当家了，列宁的伟大梦想实现了，布尔什维克的旗帜高扬在俄罗斯的土地上。

但是，刚刚诞生的、年轻的苏维埃政权面临着极其严峻的挑战，全国仍处于战乱和饥荒之中。

1918年8月30日，这注定是历史难忘的一天，就在这天，为了保卫十月革命的胜利成果并动员群众，列宁来到米赫尔松工厂的群众大会上发表讲话，离开会场时，他遭到了社会革命党人恐怖分子范·卡普兰的枪击而身负重伤。尽管凶手不久即被枪决，但列宁的身体状况自此日益恶化。

1918年9月25日，深秋的莫斯科郊外，晴空万里，秋高气爽。几经劝说，病中的列宁终于同意暂时放下手中的工作，来到40公里之外的高尔克庄园小住调养。

我第一次走进高尔克庄园也是在弥漫着浓浓凉意的深秋十月。但，那一颗朝圣的心却是那么火热，那么滚烫！我沿着列宁当年曾经走过的林荫道，迫不及待地踏进了高尔克庄园的大门，走进了列宁的故居。

庄园建在图罗夫卡河高高的河岸上，从庄园里我们可以俯瞰远处茂密

的森林、辽阔的草场和迷人的河谷风光。

庄园很宏大，很古典，也很壮美。它是一座有着400多年历史的、精美绝伦的建筑群，其核心建筑是洋溢着新古典主义风格的两层主楼，主楼的南北两侧各挺立着两栋各具风格的配楼。由主楼和南北配楼三面包围起来的院落中央是百花盛开的圆形花坛，花坛的中心便是经典的喷泉。放眼院落上下，池塘、果园、石阶、小桥、长椅……看似随意布置，却又是那样自然贴切，那样赏心悦目。如此精美的建筑景观真叫人拍手称绝、流连忘返。

我屏住呼吸，轻轻地迈步，缓缓地走入大楼内，生怕打破了这里的宁静，惊扰了列宁安息的灵魂。我穿过一个又一个廊道，从一个房间走进另一个房间。这里的一切都保持着列宁生前的模样。卧室、办公室、会客室、图书室、餐厅、阳台、写字台……在我眼前一一闪过，我注视着，我思索着。哦，这就是当年列宁用过的电话机，就是在这里他指挥了惊心动魄的战事，规划了苏联经济建设的宏伟蓝图；这就是列宁曾经住过的房间，窄小的床铺、洁白的床单和朴实无华的家具，他曾在这里度过多少不眠之夜，思考过多少关乎人类福祉安康的事情；这就是列宁曾经用过的办公桌和绿色的台灯，那桌面上不是还摆放着他曾阅读过的书报吗？

还有那支陪伴左右的钢笔，在这儿他曾用它撰写过多少战斗檄文，批阅过多少改变人类命运的急件密文……它们都是列宁的忠诚伙伴和战友，尽管主人已去，但它们依然忠于职守，默默地、一往情深地讲述着列宁昔日那动人的故事。

庄园里的每一条小路，都留下了列宁深深的脚印；庄园里的一花一木，都令人忆起列宁亲切的身影。

从1918年秋天第一次入住高尔克庄园，到病逝于庄园主楼的房间，列宁断断续续在这里生活、工作了近6年的时光。6年啊，2000多个日日夜夜，这在人类历史的长河中是何其短暂，但这6年的光阴却是列宁人生中最繁忙、最珍贵、最伟大的，也是他人生的最后一段征途！

列宁的一生是战斗的一生，是繁忙的一生。

列宁生命的最后6年，是苏维埃政权最危急、布尔什维克最艰难之际。列宁抱伤第一次住进庄园，仅仅20天就匆匆离去。南方危急的战事、反动势力的反攻、百姓的大饥荒……身负重伤的列宁，尽管是那样酷爱着这座风景如画的庄园别墅，但他还是背负病体匆忙赶回紧张的工作岗位，因为克里姆林宫一刻也不能没有他呀！

此后，或夏日或寒冬，列宁常常忙里偷闲来庄园小住，不过，他从不放下手中的工作，对他来说，只是工作地点的转换而已。在庄园，在漫步的小路上，在办公桌前，在病榻上，他对国内外发生的重大事件了如指掌，指挥若定。在庄园，他随时给战斗的前线部队下达行动命令；在庄园，他亲自拟定粉碎帝国主义新进攻的纲领；在庄园，他密切地关注着世界外交的新动向；在庄园，他亲自参加理论战线与各种反动思潮的斗争；也是在庄园，他思考并提出了第一个宏伟壮丽的社会主义建设宏图……

长期紧张的过度操劳、早年流亡的摧残，加之1918年那枪伤，使曾经一身豪气、一腔激情的列宁的健康遭受了严重的损害，他渐感疲累难支，病情日渐恶化。但，病榻上的列宁依然在阅读、聆听各类重要信息，依然在口授急需发出的指令。他依然表现出极大的乐观主义、巨大的忍耐力和坚毅的精神。他一刻也不忘自己的国家、党和人民，他依然为终生追求的

伟大理想呕心沥血、砥砺奋斗！

1924年1月21日18时50分，巨星陨落了，列宁逝去了！

这是令全世界无产者撕心裂肺的时刻！

莫斯科气温降到零下30摄氏度，滴水成冰。但前来为自己伟大领袖送行的队伍绵延数公里，瞻仰列宁遗容的人流整整涌动了4个昼夜。真是悲天恸地，泣血乾坤！

1924年1月23日，列宁遗体沿着高尔克那条雪花装扮的白桦林荫小道去了，永远地离我们而去了。

不，列宁没有远去，他还在我们身边，他永远铭记在我们心中！

导师永在，列宁永恒！

斗士·孝子

你见过英国贵族的庄园吗？

你见过英国女王赐予的贵族庄园吗？

你见过英国女王赐予的诞生过杰出首相的贵族庄园吗？

一个阳光灿烂、满眼翠绿的5月，我怀着一腔的激动，带着满眼的惊诧，迈进了闻名遐迩的丘吉尔的出生地——布伦海姆庄园。一望无垠的庄园，山丘森林，亭桥流水，鲜花绿地，蔚为壮观。雄伟辉煌的布伦海姆宫就挺立其间，令人赏心悦目、目不暇接。

这座具有传奇色彩的古老庄园，庄重地挺立于世已近200年的历史了。它是当年安妮女王为奖励丘吉尔的远祖马尔巴罗公爵，而从王室的土地中划出数百英亩修建的。马尔巴罗公爵当年率领英德等联军，于布伦海姆战役重创不可一世的法国国王路易十四，威震欧洲。

1874年11月30日凌晨，伦道夫·丘吉尔勋爵的爱妻詹妮正在布伦海姆宫参加盛大舞会，临产的阵痛突然来临，人们在她的尖叫声中慌忙把她扶进女王存放衣帽的更衣室。凌晨1时30分，婴儿提前近两个月来到了人世。这个伴着舞会铿锵的舞步降临英伦大地的婴儿就是未来英国杰出、显赫、极具世界声望的伟大政治家，连任两届首相的温斯顿·伦纳德·斯宾塞·丘吉尔。

丘吉尔是踩着欢快的舞步走进人生旅途的，丘吉尔是在象征着胜利和辉煌的贵族宫殿中突然降生的，丘吉尔是从这古老而壮美的庄园开始他曲折而辉煌的人生的。

丘吉尔，是一位冲锋不止的斗士。

丘吉尔的先辈们曾经是一群享誉英伦的风云人物，他们流淌着高贵的血脉。他的父亲伦道夫·丘吉尔曾经攀坐于仅次首相之职的财政大臣、下院领袖的交椅上。但是，丘吉尔这个诞生于贵族家庭的纨绔子弟，却很少继承英国上流社会循规蹈矩、温文尔雅的传统，而沉醉于灯红酒绿、蜂游蝶舞的生活。他非同寻常的诞生，就预示了这小小男婴绝非等闲之辈，他跌宕起伏的人生轨迹完全证明了：温斯顿·丘吉尔是一位所向无敌的民族英雄，是一位冲锋不止的英勇斗士，是一条真正铁骨铮铮的男子汉。

在丘吉尔刚刚跨入人生第12个春秋，迈进哈罗公学校的时候，就以其大无畏的精神向陈腐的教育制度发起了挑战。当这位名门望族出身的贵族子弟年龄稍长之后，又毅然挑战父命，决然三考军校，心甘情愿地扎入被世人鄙弃而独他钟情的骑兵科。就在丘吉尔即将告别艰苦的军校生活，走向社会，实现自己瑰丽人生理想之际，严厉而让人敬重的父亲伦道夫英年早逝。半年时光，老祖母、老保姆也相继逝世。丘吉尔政治上、经济上、精神上的靠山瞬间轰然倒塌了，初出茅庐、羽毛未丰的他有多悲痛，受到的打击又该有多沉重啊！

但是，壮志在胸的丘吉尔，甩掉眼泪，勇敢地应对人生挫折，向命运发起了新的挑战。

参与战争是人建功立业、飞黄腾达的最佳捷径。求功心切的丘吉尔不能忍受论资排辈、循规蹈矩晋升功名的传统用人制度，迫不及待地摊开了杂乱的世界地图，终于透过古巴丛林中纷飞的战火，欣喜若狂地找到了实

现他人生理想的第一个杠杆。年方21岁的丘吉尔，整理行装，告别母亲，迎着哈瓦那海岸黎明的彩霞，冲进了战火纷飞的美洲热带雨林。

参战古巴，是丘吉尔自我设计、加速人生腾飞的发轫之作。他终于完成了常人看似绝不可能实现的壮举，一举成名——西班牙政府还向这位年轻的无畏英雄颁发了红十字勋章。

他初试牛刀，旗开得胜。不久，无一时安稳的丘吉尔又东行万里驻防印度；三次请缨，浴血苏丹；转战南非，被俘入狱，死里逃生，成就事业。他完成了一次次惊心动魄的挑战，一步步向功名的顶峰攀登。

“没有战争，我感到很孤独。”第一次世界大战在丘吉尔不惑之年降临人间。好斗的丘吉尔激动不已，终于盼来了大展宏图的时刻。

但是，一腔热血、满怀信心的丘吉尔出师不久，战事失利，全国一片讨伐声。无奈之中，他辞去了海军大臣之职，见习带兵，忍辱负重，亲卧战壕。在风雪交加的肮脏战壕，他卧冰雪，躺睡袋，冲锋陷阵，苦中有乐。他慷慨而言：“战争是一种游戏，应当满面笑容地作战。”

几年的和平生活稍纵即逝，年逾花甲、英勇好斗的丘吉尔又兴奋不已地迎来了他人生旅途中最辉煌的伟大时刻：第二次世界大战。以张伯伦为首的一些英国政客们，面对滚滚而来的战火、虎视眈眈的德国法西斯，依然沉浸在歌舞升平的幻觉之中。一次次战机在失去，一群群国民在怒吼！众叛亲离的张伯伦被迫辞去了首相之职，无所畏惧的丘吉尔，在祖国危难之际如愿以偿地担任起战时首相的重任。

在这民族生死存亡之时，在下院的讲台上，他向人民发出了铿锵有力的誓言：“我所能奉献的，只有热血和辛劳，眼泪和汗水。”一身豪气的丘吉尔终于披着一身的硝烟味走马上任了。

而此后不久的伦敦全城一片火海，考文垂被炸成了一片废墟，

港口被封锁，航空母舰被击沉。但丘吉尔坚韧不拔，指挥若定。他运筹帷幄，拉美联苏，纵横捭阖，艰苦奋战。在援救敦刻尔克的9天9夜中，他昼夜不眠，指挥自若；当议会和首相官邸被炸时，他依旧谈笑风生，成竹在胸。

几度搏杀，几多生死，几载烽火，丘吉尔和世界人民一道，终于力挽狂澜，扭转战局，直至彻底赢得反法西斯战争的胜利！

当他英勇无畏的事迹传遍英伦大地的时候，当战火渐渐熄灭的时候，当人民欢欣若狂地庆贺胜利的时候，英国议会大选的序幕也紧锣密鼓地拉开了。对连任满怀信心的丘吉尔，做梦也没有想到，人民会在这个时候抛弃了这样一个战功卓著的民族英雄、战时首相。消息传来，可怜的丘吉尔呆若木鸡，悲痛欲绝！

从人生之巅直落人生谷底的丘吉尔，无怨无悔，决心重整旧部，卧薪尝胆，东山再起。7年的奋斗，7载的等待，77岁高龄的丘吉尔终于又一次实现了他人生的梦想，再度出任英国首相。

丘吉尔，是一位开明通达的孝子。

阅尽丘吉尔的人生旅途，发现他既是一个倔强、桀骜不驯的斗士，又是一个善解人意、通情达理的孝子。

丘吉尔尽管诞生于名门望族，但在丘吉尔童年的记忆中并没有留下多少父母亲情抚爱的记忆。年轻潇洒的父亲热衷于仕途，风流漂亮的母亲沉湎于社交，小小丘吉尔与他日思夜盼的双亲难得见一面。而与小丘吉尔朝夕相伴的是善良的保姆爱维莉丝特太太，丘吉尔亲切地称她“爱姆”，两人相依为命，苦乐与共。当丘吉尔寒窗苦读十几年，刚刚迈进社会，将要回报“爱姆”的抚育之恩时，她却早早地离去了。当“爱姆”病重时，丘吉尔顶风冒雨赶到她的病床前，请医送药，最后挥泪为她送行。他无限感慨地说：“如果没有她，我的童年将是暗淡的；没有她，我大概也没有今天的成就。”

也就是这一年，雄心勃勃的父亲伦道夫，壮志未酬，英年早逝。时年41岁的母亲詹妮失去了亲爱的丈夫，朝气蓬勃的丘吉尔失去了敬爱的父亲。

父亲失去不可能再生，而丈夫失去可以再嫁。5年后，披着一身攻克比勒陀利亚战火烟尘归来的丘吉尔，惊异地发现已逾46岁依然光彩照人的母亲要嫁人了。而继父韦斯特竟然比母亲小20岁，比丘吉尔只长两个星期。

消息一经透露，社会一片哗然。大感意外的丘吉尔日夜难寐，看着母亲那双企盼的双眼，是摇头，还是点头呢？20多年来母亲的养育之恩、抚育指引之情，此时一幕幕浮现于眼

前。虽然心里有感激，也有痛苦，但作为孝子，以顺为先，无顺从之心，何称有孝呢！

通达开明的丘吉尔，为了母亲的幸福，顶住流言，冲破世俗，决然顺从了母亲的心愿，因为儿女给母亲的爱再深挚也难以弥补感情的空白。“妈妈，你应该享有新的幸福……妈妈，结婚吧！”

丘吉尔带着弟弟亲自为母亲举行了隆重的婚礼，并为新婚母亲献上艳丽的鲜花。

但是，母亲詹妮婚后不久，感情的烈焰就渐渐熄灭了。中年的婚恋步入了终点，13年后，两人在理解与怀念中分道扬镳。

再次失去爱情的、孤独的母亲，又无可奈何地回到了儿子的家中，此时已是海军大臣的丘吉尔满含热泪地将母亲扶进屋里，亲吻着母亲的前额，无比激动地说：“亲爱的妈妈，全家欢迎你！”

在通情达理的丘吉尔悉心侍奉、孝敬下，母亲在经历了短暂的孤独和苦闷之后，迅速恢复了她以往的浪漫和生气。她与首相夫人双双出国旅

游，与靓男美女频频出入舞会。这时，在依然妩媚动人的詹妮身边重又集拢起一批爱慕者，浑身洋溢着青春活力的波尔希就是崇拜者之一。他们在舞会相遇，宴会相逢，一见钟情，不能分离。詹妮又一次屈服了，又一次向儿子寻求新的理解和支持。

已是军需大臣的丘吉尔，面对着这位比母亲小23岁，比自己小3岁的新继父，面对着已垂垂老矣的母亲的又一次改嫁，不仅没有反对，而且给予了热情的支持和赞扬："妈妈，你实在值得波尔希奉献……妙极了，妈妈！"

母亲还没有来得及让波尔希与丘吉尔会面，丘吉尔已主动热情地在家中设宴，盛情接待了未来的继父波尔希，并为他们的幸福而干杯！

大勇大孝、忠孝两全的丘吉尔又一次为母亲举行了隆重的婚礼！

母亲詹妮在数年之后，在即将告别人世的弥留之际感喟道："我为英国留下一个丘吉尔，这是我一生的价值！"

是的，母亲是超凡脱俗的，儿子是平凡伟大的！

小城故事

2014年的金秋10月，也就是第22届冬奥会的前夕，我幸运地走进了曾任苏联共产党总书记、部长会议主席、大元帅，曾震撼整个世界的强人——约瑟夫·维萨里奥诺维奇·斯大林位于索契的故居“绿色丛林别墅”。

“山不在高，有仙则名。”城市不在大，有名人则有故事。俄罗斯索

契就是有山有水、有名人有故事的滨海城市。

漫步在小城那黑色鹅卵石铺就的海边小径上，举目远望：阳光、蓝天、海滩、丛林，白雪皑皑，白云飘飘，温泉袅袅。群山之中，红的、黄的、绿的、蓝的，色彩斑斓的建筑，沿山势而上，隐隐约约，层层叠叠，恰似一条弯弯曲曲、缥缈多姿的彩练，沿海岸铺就而上。是诗，是画，是歌！这山光海色神话般的小城，实在是令人陶醉。

小城不大，人口不多，建城也不早。但小城有幸，在它的发展历史进程中曾有两位非凡的贵人相助，方得今天之辉煌。一是沙俄皇后玛丽，一是苏共总书记斯大林。1838年，著名的高加索之战后，索契被划入了沙俄的版图。后来，当时的国有资产局将索契送给了玛丽皇后，皇后迅即在这儿建起了第一家疗养院。紧随其后，沙俄贵族们蜂拥而至，在此大兴土木，数年时间小城便有了飞速的发展，成为风靡一时的著名疗养胜地。

斗转星移，历史翻到了1937年，叱咤风云的斯大林在这里的温泉治好了折磨他多年的风湿痼疾。他便决定由国家投资10亿卢布兴建疗养院，在

索契掀起了又一场建设高潮。一时间，黑海之滨一幢幢酒店、一座座疗养院拔地而起，索契就这样成为举世闻名的避暑旅游胜地。第二次世界大战后，斯大林还特地安排了30多万战士来此治病疗养。

斯大林别墅建在距离海边大约数公里的山坡上，别墅被郁郁葱葱的密林所包围，静谧又隐秘。

走进别墅大院，我们立即被那大气、古朴、雅致的建筑所吸引。整座建筑格局呈凹字形，除了前大门外，左、中、右三面是两层楼房，庭院中长方形的通道环绕着一片不大不小的花园，花园的花草正争先恐后地向来人展示着英姿，一棵高大的棕榈树高傲地挺立于草坪中央，像伟岸忠贞的战士守护着小院的平和与宁静。

进入别墅主楼，斯大林的办公室、会议室、游泳池、台球桌、单人床、衣柜、家人照片等，一一呈现我们眼前，特别是那尊端坐在偌大办公桌前的斯大林蜡像，栩栩如生，亲切庄重，似在沉思，似在自语，昔日那风云激荡的岁月顿时穿越时空浮现于我们眼前。最为亲切，也最令人难忘的是斯大林办公桌上的那套银色办公用品，竟然是当年毛泽东主席赠予而被保留至今的。得到管理员的同意后，我们一行人庄重地站在斯大林蜡像两旁，拍下了终生难忘的照片。据说，斯大林特别钟爱索契这座别墅，生前每到初秋时节他都习惯和家人一起在这儿度过一段忙碌而愉快的时光。

如今，斯大林别墅已对外开放，成为索契小城的一个最为闪亮的旅游景点，世界各地慕名而来的游客，不仅可以尽情观赏伟人昔日的风采，而且还可以付费在别墅住宿，充分体验伟人当时的生活情趣。

太阳渐渐西斜了，走出别墅的大门，坐在路旁那条久经风雨洗礼的

长椅上，望着那被夕阳悄悄染红的树梢，望着那霞光中的别墅，我心潮起伏，感慨万千。此时的庭院已空无一人，故居内外一片沉寂。一切都安静了，一切都远去了，就像远处的大海，潮起潮落，周而复始，来去无踪，永无止息。时间，唯有时间永恒！她是那样的公正，那样的无私，那么自然，那么执着——是啊，一切都是短暂的。

再见了，伟人斯大林！

斗士爱因斯坦

那是一个难忘的清晨，那是一个美丽的清晨，那也是一个神圣的清晨。

太阳爬上了城西的山头，火红的朝霞照亮了还在睡梦中的瑞士伯尔尼老城。伯尔尼老城是科学巨人阿尔伯特·爱因斯坦的第二故乡，他曾在这儿生活和工作了整整7个年头。

几天前，我们揣着一颗朝圣之心，万里迢迢赶到了德国的南方城市乌尔姆，这里是爱因斯坦的故乡。他于1879年3月14日诞生在这个小城中一个犹太人的家庭。但是，让我们非常遗憾的是家乡并没有保留他的故居。而今，在他故居遗址上静卧的是一个小小的广场，还有一个不高的尖塔。我们怀着沉重的心情漫步在这个小广场，思绪万千，心痛不已。巨人诞生的故居圣地就在这里烟消云散了！我们非常遗憾地、失望地离开了乌尔姆，赶到了瑞士的伯尔尼。

爱因斯坦16岁时来到瑞士，他毕业就失业了，为寻找工作他整整用了两年的时间。两年中他是非常艰辛和贫困的，身无分文，衣着破旧，生活无着。1902年，他终于在瑞士联邦政府专利局找到了工作，自此，他开始了自己波澜壮阔的新人生。

1903年秋天，爱因斯坦一家从伯尔尼城外搬到了城里的老城区，住进了克拉姆巷49号3楼的公寓。这就是我们将要拜访的爱因斯坦故居。

爱因斯坦故居就挺立在这条古老街道的一旁。清晨，我们按捺不住激

动的心情，洗刷完毕，早饭也没吃就匆匆赶到公寓故居的楼下。我们来得太早了，故居大门紧闭，尽管心情迫切，但我们只能在楼下徘徊。放眼望去，灿烂的朝阳下古老的伯尔尼那古典靓丽的风姿，实在让人心旷神怡。老城距今已有800多年的历史了，但依然完整保留着中世纪建筑的风格。前后两座尖塔和圆碑高傲地挺立在大街中央，大街两旁是彼此相连的拱廊，拱廊上面是高层建筑，里面是公寓办公室和写字楼。在拱廊里面集结着许多时装店、珠宝店和古董店，当然现在都关着门。清晨，圆石铺就的大街闪耀着光彩，空无一人。红色的瓦，白色的墙，一幢幢古老的建筑相互辉映，显得那么安详、优雅、古色古香，一砖一石、一花一木都洋溢着中世纪那神秘的色彩。古城旁不高的山上一片火红，那是深秋的枫叶，在

朝阳下鲜红耀眼，像火山喷发着火红的烈焰。

在焦急的等待中，故居的大门终于打开了。我们顺着楼梯匆匆走进了故居，迎接我们的是一位40多岁满面春风的女管理员。她礼貌地把我们请进屋内，我们屏气凝神静静地在故居里徜徉着，思索着，观看着。我们像穿行游走在时光的隧道中，好像随时都可触摸到它的历史、它的纹理、它的肌肤。每一件家具、每一个书橱、每一本报刊、每一张图片都在默默地和我们交谈，诉说着爱因斯坦一家往昔的故事。最使人眷恋的是屋内那个小小的、柳编的摇篮，上面罩着雪白的轻纱，里面还放着婴儿的衣物和玩具。爱因斯坦爱情的结晶、长子汉斯·爱因斯坦就出生在这个房间。当我们沉浸在观看一件件文物带来的激动之中时，热情的管理员邀请我们参观爱因斯坦曾经用过的写字台。就在这个写字台上，爱因斯坦撰写了震惊世界的论文《论动体的电动力学》，首次公开提出狭义相对

论。管理员让我们坐在这个普通得不能再普通，但又是非常不平凡的写字台前留影，我们感到非常惊喜，因为文物是不能触摸的，但是这位热心的管理员让我们一一坐下，就坐在这个木制的、黄色的写字台前，留下了我们终生难忘的珍贵照片。听着管理员充满激情的讲解，无限的敬仰之情油然而生。

尽管爱因斯坦在这座古城仅仅住了7年，但这期间的1905年却是决定他终生成就的一年，是他丰收的一年，也是他创造奇迹的一年。特别是6月30日那篇《论动体的电动力学》的论文，让爱因斯坦因此理论而获得诺贝尔物理学奖。这一年他还奇迹般地、火山爆发一样连续发表了数篇经典论文，每一篇都开创了科学的新天地，充满了革命性的思想，震惊了世界。直到今天，他的相对论理论仍然是世界科学的皇冠，全世界的智者依然在苦苦地探索着、攀登着这座未知的、神秘的科学高峰。

天才的爱因斯坦不仅是一个科学巨人，还是一位伟大的和平斗士。在爱因斯坦小时候，有一天德国军队从慕尼黑的街市通过，人们好奇地涌

上街头，但小爱因斯坦瞧不起这些“打仗的妖怪”。他让母亲赶快走，他永远不想看到这些“战争的妖怪”。1914年，第一次世界大战爆发了，已是世界科学大师的爱因斯坦，坚定地与世界爱好和平的人民为伍，反对德国的战争暴行。他组织了反战团体，坚决拒绝在为德国发动侵略战争辩护的所谓“文明宣言”上签字。因为他对德国法西斯的残暴战争罪行连续发表文章予以揭露和批判，所以不久遭到了德国法西斯的激烈报复。他在柏林的寓所被德国纳粹查抄了，他所有的书籍被焚毁了，财产被没收了，希特勒还悬赏10万马克索取他的人头。但，爱因斯坦毫不畏惧，针锋相对，继续奋争。

爱因斯坦反对非正义的侵略战争，呼吁和平，但却为列宁领导的苏联社会主义革命的胜利欢欣鼓舞。他赞扬这是一次对世界有决定意义的伟大实践，他赞扬列宁是人类良心的维护者和再造者。

爱因斯坦对中国人民怀有深深的同情，他曾经两次路经中国的上海。他亲眼看到的当时苦难中的中国人民那种悲惨的景象，听到的中华民族那苦难中的呻吟，悠然唤起了他的社会同情心。1931年，“九一八”事变爆发后，当时国际社会表现出无奈和无能，熟视无睹，他却振臂高呼，要求国际社会联合起来，对日本进行经济制裁。1938年，为了帮助中国抗战，在中国最艰难的时候，他在美国发起成立了“援助中国委员会”，在2000多个城市展开了援华募捐活动。爱因斯坦为拯救水深火热中的中国人民，竭尽全力，奔走呼号。他对中国的感情，对世界和平的追求，完全是建立在人类的同情心和强烈的人道主义情怀之上的。他把全身心都奉献给人类的科学事业，又把自己的人道主义情怀、追求和平的理想付诸自己终生的行动。

1955年4月18日，爱因斯坦告别了这个让他奋斗终生并为之自豪的科学讲坛。临终，他情真意切地告诫人们，不要发讣告，不要举行葬礼，把自己的大脑捐献给医学研究，身体火化，骨灰撒在不为人知的河流中，不要有坟墓，也不要竖碑。他把普林斯顿的老房子留给跟随他工作了27年的秘书，并且叮咛永远不要把这个房子作为博物馆，因为他不希望把自己的故居变成一个朝圣的圣地。他一生不崇拜神，也不希望后人把他当作神来崇拜。

巨人、斗士、天才、伟人远逝了，但他——爱因斯坦永生！

伟哉，季米特洛夫

今天，对于绝大多数的中国人来说，格奥尔基·季米特洛夫已经是一个非常生疏的名字了。但，当年我们中国革命的先辈们说起他，可是耳熟能详，肃然起敬，他是他们一代人心中十分感念的伟大人物。

是的，在中国革命的关键时刻，在季米特洛夫主持共产国际的8年（1935年—1943年）中，他曾尽心竭力帮助、指导中国共产党的革命运动，支持毛泽东在中国共产党内的领导地位。

在2017年的4月，当保加利亚首都索菲亚身后那雄伟的山巅之上还铺洒着厚厚的积雪的时候，我穿越万水千山，终于来到了保加利亚人民的领袖、共产国际的领导者季米特洛夫的故乡——拉多米尔县科瓦切夫齐村。

季米特洛夫1882年6月19日就诞生在这个群山环绕的、偏僻的山村小镇。村镇不大，人气也不旺。大概是群山阻隔之故，尽管仅距首都六七十公里的路程，但除了围绕季米特洛夫纪念馆的几幢像模像样的建筑外，整个村庄缺少了些热闹和生气，显得异常清冷和衰败。

当车行驶在蜿蜒起伏的山路上时，前方还是朗朗晴空，可转眼间，西边天空陡变，山风挟着乌云，乌云拥着山雨，不期而至，由小而大，倾盆而泄。

雨，在忙着滋润干渴的大地，我们一行漫步在纪念馆展厅，品读着季米特洛夫当年腥风血雨般的革命岁月，用先辈们坚定的理想和信念润化我们的心田。

展厅中悬挂着季米特洛夫的大幅照片，这是我第一次看到他真实的形象：高大英俊的身材，消瘦的脸庞，炯炯有神的、深棕色的眼睛，精明干练，浑身洋溢着无穷的活力。

在季米特洛夫波澜壮阔的一生中，最令人震惊、最值得骄傲的是他1933年2月27日在莱比锡法庭舌战群魔的英勇壮举。这年，希特勒制造了震惊世界的“国会纵火案”。当时正在柏林从事革命活动的季米特洛夫，因“参与

纵火”的罪名遭到法西斯当局的逮捕。在法庭上，大义凛然的季米特洛夫，以共产党人的威严正气，与法西斯分子展开了一场威武的论战。法西斯头目之一戈林被他质问得连自己在法庭上的身份都忘了；号称法西斯“大宣传家”的戈培尔，也被季米特洛夫驳得哑口无言。经过他无懈可击的答辩和极其富有鼓动性的演讲，“国会纵火案”的审判闹剧，最终以法西斯当局的彻底失败而告终。季米特洛夫大无畏的英勇行为，成为当时全世界共产党人反抗法西斯斗争的光辉榜样。

山雨过后，山村一派生机。走出纪念馆，我来到了季米特洛夫的故居。

在距离故居纪念馆大约二三百米的地方，有一道碎石垛成的、矮矮的围墙将小院落紧紧拥抱。打开院门，左边就是季米特洛夫诞生的小屋。屋子方方正正，敦敦实实，红瓦坡顶别具一格。门口旁边是一尊季米特洛夫母亲的全身塑像，慈祥而朴实。一眼水井、几株老树和没膝的野草，装扮着今日故居的小院落，一袭的荒凉和落寞。

步入季米特洛夫故居的房间，家具陈设透着清贫。破旧的地毯，粗糙的盆罐，单薄的被褥，七拼八凑、土里土气的家具，几乎没有一件物品与考究、经典搭边。

是啊，季米特洛夫的童年是在艰难困苦中度过的。他的父母都是吃苦耐劳、朴实正直的劳动人民。因家境贫寒，年仅12岁的季米特洛夫就被迫告别了学校，来到索菲亚一家小印刷厂做学徒工。

艰苦的生活激励着从小就胸怀大志的季米特洛夫，他发奋读书，劳动之余，就刻苦攻读历史、地理和进步书刊，到工人夜校听课学习，积极参加工人运动。他18岁当选索菲亚印刷工会书记；20岁加入保加利亚社会民主工党；1909年，27岁的季米特洛夫当选为中央委员，直到他去世。

在领导本国工人运动的同时，季米特洛夫还密切关注并领导着国际工人运动的发展。由于在“国会纵火案”斗争中的突出表现，季米特洛夫赢得了崇高的国际威望。1935年共产国际“七大”后，他成为共产国际执行委员会总书记。

季米特洛夫走马上任后，十分关心中国人民的抗日战争。是他坚定不移地推动了中国抗日民族统一战线政策的形成，是他尽心竭力地为中国红军组织援助物资和筹集援款，是他旗帜鲜明地支持毛泽东为中国共产党的领导人。他明确地指出，“必须支持毛泽东为中国共产党的领袖，他是在实际斗争中锻炼出来的领导”，要树立他的权威，在全党机关中制造“亲密团结的空气”，并尖锐告诫王明：“你长期离开中国，脱离中国革命实际……中国共产党已经有了自己的领袖……不是你，你不要自封领袖。”今天看来，这是多么及时、多么正确、多么英明的决断，季米特洛夫不愧为国际共产主义运动史上的杰出领导者。

毛泽东同志后来不止一次地称赞说：“季米特洛夫同志是个好同志，他帮过我们很多忙。”是啊，我们中国共产党人永远不会忘怀这位在中国革命最关键、最危难、最艰苦的时刻给予无私而坚定帮助的伟大先辈。

临行前，我又一次从车上跑下来，匆匆赶到季米特洛夫高大雄伟的雕像前，深深地三鞠躬。

再见了，季米特洛夫同志！伟哉，季米特洛夫同志！

走在黄金的小路上

人生是什么？人生的本质是苦难。有人在苦难中无奈地毁灭，有人在苦难中幸运地走向辉煌。而卡夫卡之人生是在苦难中毁灭之后又神奇地走向了辉煌。

早春的捷克布拉格出奇的冷，连绵不断的几场细雨过后，阳光普照，春回大地，暖气融融，大街小巷顿时游人如织。

我沐浴着一身春光，行走在黄金巷的小路上，真是一种陶醉、一种洗礼，也是一种深深的思念。

布拉格的市政厅广场东侧的黄金巷，是条古老而个性的小巷。小巷名字挺美，挺响亮，名曰黄金巷，其实，它既未产过黄金，又非繁华无比。它只是一条砖石铺就的、又窄又短的、普通的小小街道。沧海桑田，世事

变迁，昔日破旧不堪的小巷，旧貌换新颜。徜徉在小路上，沿街是各色店铺，各类工艺品琳琅满目，一片繁荣，一派兴旺，今日之小巷简直成了首都布拉格小小的形象大使，令人刮目相看，流连忘返。

在众多店铺簇拥中，路左“N：22”号门店就是现代主义文学的先驱和大师卡夫卡的故居。乍一听，大师之故居，那该有多豪华，多气派呀！却不然，低头进屋，小屋满打满算也不过10多平方米吧，四壁全是书架，书架上全是卡夫卡的大作。由于空间太小、游客太众，进屋难，出屋也不易。

其实这小屋并非是大师卡夫卡的出生之地。孤僻、敏感的卡夫卡，是不堪老城区的喧闹，后来搬到这座低矮简陋的蓝色平房写作的。

弗兰兹·卡夫卡1883年7月出生于奥匈帝国布拉格老城北的一个犹太商人之家。他有三个妹妹，他是在父亲赫尔曼·卡夫卡商业活动日益增多的31岁时降生的。此时的父母没黑没白地忙于店里的生意，根本无暇顾及嗷嗷待哺的孩子。童年的卡夫卡自来到这个世界，就很少得到父母的关爱和呵护，等稍大进学堂读书了，也是由家庭教师照顾他的学习和日常生活。也就是说，少时的卡夫卡，从家庭获得的幸福感是微不足道的。18岁时他考入了布拉格大学，攻读文学和法律，获得博士学位。毕业后，他一边在保险公司做职员，一边忙里偷闲拼命地从事业余文学创作，直至41岁离开这个凄凉冰冷的人世间。

在卡夫卡短暂苦斗的一生中，怕父亲、怕恋人、痴迷于文学创作是其三大特性。

卡夫卡的父亲是位把犹太人经商基因发挥得淋漓尽致的成功商人，但他对经营家庭、教育子女却是毫无成就可言。他性情粗暴、专制、自负，对儿子卡夫卡的学习和生活不闻不问，有时稍不顺心，便对儿子大喊大叫，训斥一通。他一心想把儿子培养成性格坚强、阳刚有为的接班人。可结果呢，事与愿违。从记事起，卡夫卡就生活在父亲强大的阴影里，由此导致他形成敏感、怯懦的性格和孤僻、忧郁的气质。1919年11月，36岁的卡夫卡鼓起勇气给父亲写了一封长达100页的信，历数了他与父亲间痛苦而僵持的关系。当然他没有勇气当面把这封信交到父亲的手中，而是委托母亲代转的。只是母亲看完后拒绝了。他在信中说：“作为父亲，你对我来说太强大了。”“我就像将被绞死的人。若真是被绞死，一死也就没事了。而一个人如果不得不亲眼看着被绞死的所有准备工作，一直到绳索套已吊在脖子上才得知获救，那他可能会为此痛苦一生。”你听，这是多悲哀、多可怜、多么

痛苦无奈的呻吟啊！无助的卡夫卡就是这样终生生活在与父亲尖锐的冲突之中的。

孤独是卡夫卡的个性，也是他的宿命。他不仅惧怕性格粗暴的父亲，还惧怕甜蜜温柔的恋人，怕与恋人走上婚姻的殿堂。卡夫卡英俊潇洒、风流倜傥，一双清澈明亮的大眼很得女性的爱慕。但他一生3次订婚，3次解除婚约而终身未娶。他与菲利斯甜蜜地交往了5年，5年间他给她写过500多封情书。他爱菲利斯，爱得“在我醒着的时候我几乎没有一刻不在想你，在许多个这样的一刻钟内，我别的什么也干不了”。但是，每提到结婚他就退避三舍，敬而远之。他惧怕婚姻，他害怕成为丈夫，成为父亲。他评价自己“懦弱，缺乏自信，它们在我与婚姻之间筑起了一道警戒线”，而且是一条绝望的、深入骨髓的、无法逾越的警戒线。

与众不同的卡夫卡在世界文学史上绝对是一位旷世奇才、文坛大师，同时他也是一位文痴。他终其一生痴迷于文学创作，终其一生在幽冥与幻象中寻找穿行。他对写作的痴迷胜于生命，他完完全全沉醉于精神领域，

心无旁骛地投身艺术。他最大的享受是读书，是写作，是被艺术点燃的激情和写作的欲望不受任何束缚和阻挠地一泻千里。他多希冀自由自在地做自己喜欢的事情，让自己禁锢的心获得最大的解放与享受。他说："为了我的写作我需要孤独，不是像一个隐居者，仅仅这样是不够的，而是像一个死人。写作在这个意义上是种更酣的睡眠，即死亡。正如人们不会也不能够把死人从坟墓中拉出来一样，也不可能在这里把我从写字台边拉开。"他在创作小说《判决》的日记里曾回忆当时激动的情景："极度紧张，极度兴奋，故事在眼前展开，就像我在水中缓慢前行。一夜间，我几次躺倒……这才叫作写作——全然开启整个身心。"

卡夫卡的业余写作是极端艰苦的，为了活着，他不能辞掉赖以生存的保险公司的工作；为了节俭，为了写作，他把生活简化到了极致。他把自己关在小屋子里，呕心沥血，通宵达旦，每天写作10多个小时而欲罢不能。

艰难的自我救赎之路，使他付出了艰辛的，甚至生命的代价。他用心血创作的作品，大部分无题目、无结尾。他不停地写呀写，又不停地焚

烧，甚至在他临终前还留下遗嘱，将其全部手稿付之一炬。

他很苦，他也很累了，遭受病魔折磨的他已是精疲力竭。1924年6月3日，苦苦奋斗一生的文学巨匠卡夫卡因肺病不治而与世长辞！

卡夫卡是苦难的、不幸的，但他又是十分幸运的。他生前孤独奋斗，默默无闻，终生生活在痛苦、孤独和恐惧中，不为父母所垂怜，不为世人所理解，41岁就英年早逝。但时间是最伟大的裁判者，他生前那明快的文笔、奇诡的想象和别开生面的写作手法，逐渐为世人所认识，为文坛所尊崇。其大作《判决》《变形记》《乡村医生》《城堡》《审判》《美国》等著作，是世界文坛的经典，并在世界范围内形成了一股经久不衰的“卡夫卡热”。他是现代主义文学当之无愧的宗师、表现主义文学之先驱和探险者。

卡夫卡是布拉格的，也是世界的。

黄金巷是过去时的，也是未来时的。

巨星陨落了，可洒下了一路的金黄！

残酷的朝圣之旅

一个亲吻和斗争的物体，

一支在阳光下闪烁的雨柱，

一股汩汩的血液，

一棵布满古铜色荆棘的玫瑰树，

一个是与否的混合体，

一条爱与恨的彩虹，

一阵回旋的疾风，

一个内心充满激情如瀑布的生灵。

这是20世纪英国文学史上独特、极有争议的天才作家戴维·赫伯特·劳伦斯对自己最生动、最形象、最准确、最深刻、最具个性化、最有自知之明的诠释和评价。

是的，劳伦斯在漫漫的铺满鲜花与荆棘的人生苦旅之中，品味过多少苦难与幸福、失败与成功、诅咒与喝彩、冷眼与笑脸、棍棒与掌声啊！

是的，劳伦斯短暂的一生，充满了不尽的矛盾、对立、抗争和与生俱来的不懈追求。

是的，劳伦斯实实在在是世界文坛上一位充满着一身激情的、成就非凡的天才。但，他又实实在在是一位难容于时世、难容于常人的，特立独行的鬼才、怪才、奇才。

才华横溢的劳伦斯于1885年9月11日呱呱坠地在日夜喷发着滚滚黑褐色煤烟的、一个叫作伊斯特伍德的、贫困肮脏的矿区山村。他自小就痛恨的父亲阿瑟·劳伦斯是个肌肉发达、纵欲享乐的矿工。父亲人生的最高追求：或者是在下工之后挤进一身臭汗、一脸煤灰的泡酒吧队伍中，把酒临风，宠辱皆忘；或者是回家后在炊火前，烤着枯黄的腊肉，一边吸吮着滚烫的腊油，一边从当天的报纸上寻找轶闻趣事。母亲莉迪亚则是矿区中的佼佼者：辩论宗教，读书作诗，知书达理，与丈夫有着截然不同的爱好和追求。正因如此，劳伦斯很小的时候就开始品味父母争战的恐惧与灾难，他常常是在父亲歇斯底里的叫骂声、母亲尖锐的喊叫声与屋外呼啸风声、树枝尖叫声的交相呼应中不知不觉进入梦乡的。

小小的劳伦斯在恐惧中战战兢兢度日，可怜的劳伦斯在泪水中默默无语偷生。他身体孱弱，神经敏感。虚弱的体质使他从小就不能与同龄男孩嬉戏玩耍，不能像一个小小男子汉一样野跑野玩，而只能扎进女群中采花摘果，在大自然的万千变化与恩赐之中寻找安慰和乐趣。

劳伦斯的童年是不幸的，劳伦斯的青少年时期也并不幸福。聪明的劳伦斯在中学校园的琅琅读书声中，如饥似渴地吸吮着生存的知识，寻找着人生的真谛。他在一天天成长，他开始默默地探索人生之爱、人生之美、人生之路。

但是，当雄心勃勃的劳伦斯刚刚迈开稚嫩的脚步，刚刚抡起开掘人生的镐头，刚刚踏进工厂学徒仅3个月，就灾难性地染上了后来致他英年早逝的病祸——肺病，使他几乎陷入绝望的境地。

在这走投无路之际，庄重文雅的农场女杰西不失时机地走进了劳伦斯灰色的生命进程之中。是她以其热情和自信的异性之美，唤醒劳伦斯走出劫难、创造新生活的激情和理想。一对少男少女，相亲相爱，并肩携手迎接未来生活的挑战。但是，那知书达理的母亲有怪诞的恋子情结，此时她像一个黑色的幽灵，完全控制了儿子这颗青春勃发的心灵，控制着劳伦斯

刚刚点燃的爱情火焰，并为自己自私和病态的成功而额手称庆。

天真无助的劳伦斯与母亲的这种“几乎像丈夫与妻子那样爱着”的情感，终于扼杀了他与第一个恋人的爱情。可怜的杰西终于忧伤地走了，无奈的杰西在沉沉的暮色中失声痛哭。

而后，大学同窗路易·巴鲁斯急匆匆地走来了，洋溢着一身音乐天赋的才女海伦·科克躲躲闪闪地走来了，有夫之妇艾丽丝·戴克斯也不失时机地接踵而至，她们不同时段、不同程度地与这位天才少年爱着，恋着。

青春盎然的劳伦斯似乎命中注定要与女人结下深深的不解之缘。尽管劳伦斯同杰西、路易、艾丽丝、海伦小心翼翼地耕耘着爱情之肥田沃土，但她们都只是劳伦斯人生征程中可爱的过客，是爱情道路上一处处驿站。劳伦斯真正的爱情是在1912年一个鲜花盛开的春日，在遇到比自己大6岁的弗丽达之后，才急剧地拉开了彩色的幕布。而且伴着他们爱河的奔腾激荡，劳伦斯创作的激情也一发不可收地喷发了。

这年的3月，鬼使神差，劳伦斯拜访了曾经为自己讲授过语法课程的教授威克利。目的非常简单明确，就是希望通过昔日老师的通融，自己能在法国大学谋得一个薪水丰厚的教师职位。结果，不速之客的突然光临，竟然彻底改变了威克利一家平静的生活，彻底改变了弗丽达的命运。劳伦斯与已是3个孩子的母亲、年方31岁的弗丽达一见钟情，双双坠入爱河而不能自拔。接着发生了令世人、令这对恋人自己都目瞪口呆的结果——她抛下丈夫和爱女，与劳伦斯私奔出走，浪迹天涯。

在劳伦斯以后十数年的生命历程中，爱妻弗丽达成了他生命的灵魂和基本元素。是她引导劳伦斯找到了理解自己所处世界的方式，获取了从事文学创作的不竭动力。是弗丽达的到来彻底改变了劳伦斯的人生，为劳伦斯创造了一个全新的世界、一个崭新的人生、一个鲜亮的境界。尽管争吵、贫困、病痛一直伴随着这对恋人，但他们的情感经受住了考验和磨砺，且愈吵愈爱，愈打愈坚，愈骂愈亲。他们相依相恋，长相厮守，直至告别人生。

劳伦斯出生于矿工之家，他没有名门望族的声誉可依赖，他没有名牌大学文凭可炫耀，他所拥有的财富仅仅是才华、天赋和奋斗。而今天，令劳伦斯引以为豪的是，他又拥有了一个崭新的灵魂、一团熊熊燃烧的爱情的火焰、一汪永不枯竭的源泉。他要乘风破浪，他要发奋崛起，他要卓然于世。

在成功推出第一部长篇力作《白孔雀》之后，劳伦斯乘着爱情的风帆，才思泉涌，激情奔腾，他呕心沥血潜心写作。他着笔《迷途女》，

写作《普鲁士军官》，创作了《爱，我们熬过来了！》。《爱情诗集》出版了，杰作《虹》《恋爱中的女人》双双问世了，《儿子与情人》杀青了。劳伦斯这一篇篇、一部部惊世骇俗的力作，宛如一阵飓风、一场暴雨、一股洪水，铺天盖地泼向英伦大地。他一时间声誉鹊起。崇拜声、追逐声、批评声一齐涌来，劳伦斯一时变成了英国文坛的大家，就连英国当时最有建树、最有声望的评论家都以案头摆放劳伦斯著作为豪。

但是，名人、奇人的命运注定与逆境、苦难和不幸结缘，注定不会一马平川、一帆风顺，注定要接受血与火、生与死、失败与挫折的检验，否则就不会诞生名人、奇人，否则名人不名、奇人不奇了。这难道不是名人、奇人的必由之路吗？正处于创作巅峰期的劳伦斯就这样不早不晚地准时走进了他命中注定的不幸、苦难的逆境之中——面对两场有硝烟和无硝烟之战。

黑色的1914年8月，第一次世界大战席卷了欧洲大地。劳伦斯因弗丽达的德国国籍而被高度敏感的英国警察监视监听，他家门口常常挺立着凶神恶煞般的海岸警卫队员，他的居室常常爆发与监视人员的争吵，劳

伦斯甚至被自己的祖国视为异国的间谍而失去尊严和自由。

福无双至，祸不单行。《虹》这部充满哲理探索、批判黑暗现实的小说，因触犯了当局战时利益，不但没有给焦头烂额的劳伦斯带来声誉和欢乐，反而带来了又一场让人撕心裂肺的灾难，又一场无硝烟的心灵之战，又一场与诅咒、漫骂和攻讦的恶斗。而最先打响这场批判之战的竟是那些被称为“文明”守护神的文人墨客，他们拉帮抱团把劳伦斯整整花费3年心血苦心创作的《虹》推上了法庭。一时间，全国上下掀起了一股声讨批判“淫秽小说”的浪潮，接着出版商收回并销毁《虹》，编辑撰文辱骂《虹》，几天前还受人欢迎的劳伦斯转眼成了英伦大地一切罪恶之源，《虹》成了被批判的靶子，劳伦斯成了被批判的罪人。

此时此刻的劳伦斯受到了非人性的打击和摧残，脾气越来越难以控制，精神几乎陷入崩溃的境地。而且在经济上，因他已是臭名远扬，出版商不敢约其稿，报刊不敢登其稿，以写作谋生的劳伦斯此时简直是走投无路、穷困潦倒。

倒霉的劳伦斯哀叹说：“在经济上又走到了途穷末路了。”他低三下四地伸手向旧友借钱，他忍辱负重地申请贷款，他甚至“真想沿街乞讨”。贫困中的劳伦斯这时只能光脚穿草鞋，手腕儿、脚腕儿因衣服缩水均裸露在外，衣服只能趁晚上洗净，以应白天急用。

物质上的贫困、生活上的孤独无援，并没有改变劳伦斯的追求和梦想。他一如既往，义无反顾地朝着自己既定的人生方向投入生命的热情，朝着既定的目标登攀。

罪恶的战争终于结束了，劳伦斯流亡的生涯却开始了。为尽快洗刷心

灵淤积的污泥浊气，尽快寻找创作灵感，劳伦斯带着日益严重的病体与爱妻告别了使他心寒但给予他生命与成功，同时给予他痛苦和创伤的祖国，漂泊四方，流浪异乡。

一身激情的劳伦斯，在漂泊中探索，在流浪中积蓄，在旅行中写作。在劳伦斯生命的晚年，在他漫漫的颠沛流离中，他又一次给世人、给文坛带来了新的惊喜，他又奉献给人们一部“奇异”的大作《查泰莱夫人的情人》。这是他血和泪的结晶，这是他心灵的呼唤，这也是他最后的绝唱!

但是啊，祖国母亲对天才游子这最后一次的诉说，没有从容地倾听，

没有宽容的笑脸，没有高抬贵手，也没有丝毫松懈批判的频率。新作《查泰莱夫人的情人》被查禁了，连相距千山万水的美国也对该书动了禁刑，更为不幸的是劳伦斯因不得申请版权，而遭到全方位的封杀。

倾听着暴风雨般的批判之声，抚摸着日甚一日衰弱的病体，追忆着自己人生旅途的不幸和苦难，这位坚强的英年才子竟然无法克制了——劳伦斯流泪了。

创作的辛劳、疾病的折磨、战争的摧残和查禁批判的打击，一场场、一种种、一次次的苦难终于耗尽了劳伦斯的心血，多灾多难的天才劳伦斯终于垮了。

1930年3月2日晚10时，“浸满情欲的天才”劳伦斯最后的时刻终于到来了。

劳伦斯走了。劳伦斯怀着不平、愤懑和冤屈，匆匆结束了人间残酷的朝圣之旅。

劳伦斯是不幸的，劳伦斯也是不朽的！

亲王，你在何处？

下午6时30分，老挝航空112次航班自柬埔寨暹粒机场起飞，途经首都万象机场后，穿云破雾，准时降落在琅勃拉邦机场。

这是2017年元旦的傍晚。

外面飘着丝丝细雨，天有些凉。当我们走出机场，街上已是一片灯火，一派节日气氛，古城已沉浸在欢庆新一年到来的沸腾气氛之中了。

琅勃拉邦位于老挝北部群山之间、湄公河之滨。她是一座不足10平方公里、有3万居民、依山傍水的山城小镇，是一个具有上千年历史、古色古香、精致幽静的古都重镇，也是一个拥有30多座寺庙、佛塔林立、香火缭绕的佛教中心和人间之世外桃源。

我们此行之目的就是寻找位于这山城古都的、曾任老挝国家主席的苏发努冯亲王的故居。

在细雨中几经周折，我们终于在一家古旧的宾馆卸下湿漉漉的行李。伴我同行的阿宽是位60多岁的柬埔寨籍的老华侨，人粗犷而热情，但不通老挝语言，也是头一次踏上老挝的土地，我们两人都是这里的陌生游客。我们初来乍到，语言不通，且正值元旦佳节，会讲汉语的导游在老挝本来就很少，此时就更难找了，语言不通，工作起来难度就更大了。

天微微亮，吃过早餐我们就匆匆赶到最火的旅游景点——王宫。我们一看面孔，二听语言，努力寻找会汉语的人。功夫不负有心人，将近中午我们终于碰到了一位正用流利的汉语讲解老挝最后一位国王宫廷生活的、年轻善良的导游。当他用老挝文字在本子上写下亲王故居详细地址时，我感动得差点儿流下眼泪。要在举目无亲的国外办件事好难，从昨

晚飞机着陆的那时起，我们一路问了十几个人，没有一人知道亲王的故居在何处。我们两个人东跑西颠到处碰壁，跑了多少冤枉路不说，还浪费了不少时间。

我们在王宫入口处找了位蹦蹦车司机，按路条指示的方向，一路向小城郊外奔去。当时在老挝，还没有我们在国内乘坐的那种出租车，也没有收费标准。游客或是租辆自行车、摩托车，或是乘坐机械三轮蹦蹦车，别看设备不先进，但挺个性，也蛮实用，只是价格偏高。

我们入乡随俗，上车赶路，抓紧把手，一切皆忘，一心想的就是赶快找到亲王的故居。40多分钟后，一个偌大的、恢宏的古院落出现在我的眼前，司机没打招呼就直冲进大院。

抬眼看去，一座白墙红瓦、古色古香的两层小楼立即映入我的眼帘。根据我多年拍摄名人故居的经验，第一反应，是她，应该就是她啦！你看小楼那风水、那气势、那包浆、那用材，一砖一瓦、一木一石，尽管历经风雨的洗礼，已是一身的疲惫、一身的沧桑，但她依然焕发着曾经富贵辉

煌的王者气势，傲然矗立于绿草翠坪之上、滚滚大河之畔。

故居终于找到了！喜悦将我们两天来的疲惫一扫而光。

穿过门前一湾池水上的小石桥，走进亲王的故居，整座楼舍空无一人，清冷幽静，空旷无声。呈现在眼前的是宽敞明亮的接待大厅、会客厅、办公室和卧室等，昔日王府的那些桌椅、灯盏、餐具、图片向我们这些远来的客人倾诉着陈年往事，好像亲王就在床前整装梳理，在桌前挥墨疾书，在门厅迎接拜访的客人……而眼下，物是人非，令人感叹！

站在故居二层椭圆形的阳台上，举目望去，奔腾4800多公里，穿越6国山河的湄公河在门前滔滔南去，蓝天河水间，船影渔歌，远山近水，彰显着一派仙境圣地之灵韵。故居周边被一座座古典雅致的民族建筑所拱卫，香树佳木，绿地红花，如火似霞，美不胜收。

当我结束拍摄、满怀喜悦地来到服务台告别的时候，我顺手拿过一纸宣传册页，突然被画册上的图片震蒙了。

这哪儿是苏发努冯亲王的故居，这分明是佩差拉亲王的王府——香乔宫！

佩差拉亲王何许人也？

原来，佩差拉亲王是老挝一位叱咤风云的英雄人物。他是当时老挝副国王马哈乌巴拉·汶孔亲王之子、老挝首相梭发那·富马亲王和老挝国家

主席苏发努冯亲王的兄长。

他曾出任老挝第一副国王、琅勃拉邦王朝首相，是老挝著名的爱国政治家、改革家，老挝现代社会制度的创立者。他高瞻远瞩，以兄长之胸怀在两位弟弟幼年时就毅然将他们送到国外读书深造，以至后来成为老挝早期革命家、专家型国家领导人。他一生为老挝的民族独立与法国殖民主义者、日本和美国侵略者进行了不懈斗争。1957年，当他结束9年的流亡生涯，自泰国踏上祖国这片血染的土地时，老挝人民热烈欢迎英雄归来。他去世多年后的今天，老挝人民家中还依然摆放着他的照片，以示怀念。

蹦蹦车的声音又响起来了，望着渐渐远去的那经典而别致的楼舍，望着那刚刚相识又匆匆挥别的亲王的香乔宫，我的心难以平静：万水千山，万里迢迢，这是意外收获，还是有缘相会？悠悠万事，参透多难！但我相信：辛苦耕耘总该有收获！

伟大的远行者白求恩

做梦也没有想到，我在花甲之年会翻越万水千山，走进伟大的国际共产主义战士享利·诺尔曼·白求恩的故居。

2008年，在广袤的大地一片金黄的10月，我们一行来到了盼望已久的白求恩诞生的故乡——加拿大安大略省北部的格雷文赫斯特镇。

这天，天气特别好，秋高气爽，枫林尽染。好天气，好风光，给人带来好心情，行车沿着醒目的白求恩大道缓缓驶进了小镇。小镇有百余年历史，万余人口，不大不艳，街道宽阔有序，楼舍干净整洁，环境幽静，人气兴旺。

白求恩的故居就在一条安静的马路旁肃穆地挺立着，它是一幢维多利

亚样式的两层小楼，灰瓦配着浅绿色的墙体十分雅致。一道深绿色的栅栏将小院紧紧地拥入怀中，草坪铺就的庭院因为有了颜色的装扮而显得格外生机勃勃。高大挺拔、一身红装的枫树越过栅栏居高临下地俯瞰着院落的繁花翠叶，让沧桑古朴的故居浸润在甜蜜的秋色中。往事苍凉，现世温煦。

拾步踱入故居的客厅，左边一溜摆放着沙发、靠椅、风琴等，古色古香。右行则是家庭餐厅，各色餐具一应俱全。那渗透着书卷气息，摆放着书桌、书柜和座椅的房间则是其传教士父亲的书房。1890年3月4日，白求恩就出生在二楼的一间卧室里。一张绕着围栏的婴儿床是迎接他人生的第一张卧床，身边的玩具和童装令游人久久不愿离去，屋里的陈设让人觉得好像主人并不曾走远，只是刚刚出门散步健身去了。

其实白求恩在这里住的时间并不长，满打满算也不过4年的时光。但这短暂的童年生活令他终生难忘。

白求恩出生于一个书香门第。幼年的时候，他性格倔强，喜欢挑战且富有主见。他祖父是位著名的外科医生，是加拿大医学院的创始人。白求恩小时候就非常崇敬从医的祖父，立志长大后做个祖父那样的人，为百姓救死扶伤。他青年时期，曾历经多种职业的历练，干过轮船侍者、伐木工人、小学教员和新闻记者。直到1916年26岁的时候，经过数年寒窗苦读，他终于如愿以偿，获得了多伦多大学医学院的学士学位。不久，又先后成为英国皇家医学会会员和美国胸外科学会理事。当英姿勃发的白求恩步入而立之年的时候，他已经是英、美和加拿大医学界鼎鼎大名的外科专家。

1938年阳春三月，当中国北方大地乍暖还寒，迎春花开始绽放出金黄色的花蕾的时候，刚刚脱下出征西班牙反法西斯战争的戎装的白求恩，又风尘仆仆，不远万里，率领一支由加拿大人和美国人组成的医疗队，跋山

涉水赶到了中国抗日战争的最前线。

从此，哪里有炮火，哪里有战事，哪里有伤员，哪里就有白求恩大夫的身影。他以自己高超的医术、惊人的组织能力和不畏牺牲的献身精神，夜以继日地奔忙在中国北方前线的坑道、战壕和手术台之间。为了抢救伤员，他曾经连续工作69个小时，为115名危重伤员动手术，抢救生命。他的手术台，曾经就安放在离前线仅仅2.5公里的、破旧的小庙里，枪炮声就在耳边呼啸，敌人的炮弹震得整个庙宇都在抖动。为了他的安全，人们反复劝说，但他绝不转移，依然有条不紊地做着手术。他说："战士们在火线上不怕危险牺牲，我们怕什么呢？""你们不要拿我当古董，要拿我当一挺机关枪使用。"听，这是多么伟大的品格，多大的勇气啊！

为了抢救伤员的生命，有时战地缺血了，他毫不犹豫地捋起自己的袖子，往床上一躺："抽我的！我是O型血。"抽罢血，拔下针管，他常常风趣地称自己是万能输血者。他把自己能为负伤的战士献血、做手术看成是人生的最大快事。他把中国看成是自己的故乡，把中国人民当成自己的兄弟。为了让负伤的战士早日康复返回战场，他常常拿出自己都舍不得吃的、从国外带来的奶粉和咖啡，亲自煮好送到重伤员的面前。当看到战士和着泪水饮下这温暖的牛奶时，他满脸浮现出幸福的笑容。毛泽东同志曾经说，从前线回来的人说到白求恩，没有一个不佩服，没有一个不为他的精神所感动。晋察冀边区的军民，凡亲身感受过白求恩医生治疗和亲眼看过白求恩医生工作的无不为之感动。是啊，在这样的伟大行为面前，谁人不为之感动、不为之动容呢！

白求恩除了做手术、抢救伤员之外，还利用战斗的间隙，在丛林里、野地上、茅舍中，亲自打字、绘图，编写教材，培训抗战前线的医务人员。他亲自制订了“五星期计划”、建立模范医院等一套教育方案，提升根据地医疗水平。同时，他还要求每一个外科医生，都要做一个合格的木匠、铁匠、缝纫师和理发师，自己动手，打破敌人的封锁。他一有空闲就指导木匠自制骨折牵引架、木床；指导铁匠打制夹板、铁桶、水盆；教锡匠制作探针和钳子等医疗器械。为了伤病员，为了中国人民的解放事业，他废寝忘食，呕心沥血，鞠躬尽瘁，无怨无悔！

1939年10月28日，这注定是中国人民难以忘怀的日子。丧心病狂的日本侵略者，又一次发动了对抗日根据地的冬季大扫荡。白求恩正在涞源县孙家庄紧张地为一个大腿粉碎性骨折的战士做着手术。突然，哨兵跑进手术室，催促他尽快撤离，敌人就要进庄了。手术正在进行中，他怎么能舍战士生命于不顾就匆忙撤退呢？白求恩镇定地说：“加快手术速度。”不料意外的事发生了，手术中的白求恩，中指被刺破，他忍痛悄悄将手指伸进消毒液浸泡片刻，又坚持缝完最后一针。在白求恩安全转移10分钟后，敌人疯狂扑进村庄。

战士的生命保住了，但，白求恩受伤的手却不幸感染发炎了，而且日益严重。11月1日，他又为一名丹毒合并蜂窝组织炎的伤员做手术。医术高明的白求恩，心里非常清楚这位伤员所患的是外科的一种烈性传染病，自己已经严重感染发炎的手指如果再次受到病菌感染，那就会有生命危险。但白求恩不顾个人安危，在病痛的折磨中，又坚持做了13台手术。

走下手术台的白求恩，病情急剧恶化。在向后方医院转移的途中，他已是高烧40摄氏度，浑身瘫软，但当听到枪声时，他坚决要求放下担架，要亲自到阵地抢救负伤的战士。大家望着他那虚弱但伟岸的身躯，听着他那感人肺腑的请求，顿时潸然泪下，感动不已。但，白求恩却平静地安慰

大家说："我得了败血症，没办法了……请转告毛主席，我相信中国人民一定会获得解放，遗憾的是我不能亲眼看到了……"

1939年1月12日凌晨5时，加拿大共产党员、伟大的国际共产主义战士享利·诺尔曼·白求恩永远告别了浴血奋战的中国人民，告别了终生为之献身的共产主义事业而与世长辞。

白求恩走了，他一生远行，一生奉献。他跨过万水千山，把理想、思念留给了我们每一个活着的人们。在49个春秋里，他穷毕生之精力于自己的伟大理想和信念，用共产党人炽烈的情怀、高尚的品格和伟大的献身精神，铸就了一座远行者顶天立地的人格丰碑："一个高尚的人，一个纯粹的人，一个有道德的人，一个脱离了低级趣味的人，一个有益于人民的人。"

白求恩永生!

将军、慈父戴高乐

法国巴黎是浪漫的、潇洒的，但巴黎的大塞车，也是世界级的，是令人烦心而难以忘却的。

那是2009年10月16日，匆匆用过早餐，我们一行就急忙开车上路了。从巴黎到里尔200多公里的距离，正常行车也就3个多小时吧。可这天，我们赶到里尔的老城区的时候，西边的太阳都要落山了，再拐弯抹角找到戴高乐的故居时，女管理员正要关门下班走人。这下我们可急了，3人一齐上前说明来意，还谦恭地送上了一份小纪念品，请她笑纳。说服的结果是：只准许一个人进入，只能进院不准进屋，只限3分钟参观拍照，到时立即撤出。看，多难，多宝贵的3分钟啊！

得到了允许，我提着相机风风火火地穿过大门，跑进了故居的庭院。

院子是由四面屋墙围起的独立的、封闭的小院落，别有洞天。碎石铺就的地面干净整洁。左侧临街的两层连排楼，紫色的窗户、白色的墙体、高高的烟囱古朴雅致。迎面一方花圃间两株幼树肃穆地护卫着戴高乐小巧玲珑的雕像。窗前，几把竹椅散漫地围着茶几，桌上粉红色的花儿与空中低垂的花篮竞相斗艳，一派生机。

3分钟转瞬即逝，当我不无遗憾地走出这凝固了的，却又永远充满魅力的小小院落时，夕阳已把里尔古城装扮得一片金黄，洁净的公主大街也披上了一身的彩色盛装，故居大门上方的那三面小巧的国旗在夕阳中如火焰般跳动。一切已经过去，一切还是那么美！是啊，一个伟大的身影离开了，一个伟大的时代也随之远去了，唯有那高尚的情怀，仍然还在时光里散发着灿烂的光芒。

1890年11月22日，夏尔·安德烈·约瑟夫·马里·戴高乐就诞生在公主大街的那幢小院落。他自小受其行伍出身的父亲影响很深，倔强，好斗，刚愎自用。他自小就梦想着当兵打仗，和小伙伴玩打仗的游戏时，他总要当统帅，而且一定是法军的统帅。15岁还在学校读书时，他就创作了

小说《德国的战役》，尽管还很幼稚，但满篇洋溢着少年的锐气和他想统领千军万马的远大志向。1909年，19岁的戴高乐，终于通过了圣西尔军事学院的入学考试，走上梦寐以求的军旅生涯。

第一次世界大战爆发之后，他踌躇满志，率部出征。但出师不利，他参加第一次实战就中弹负伤。之后，他又在战斗中连着两次负伤，在昏迷中被德军俘虏。在4年的对德战争中，怀着一腔建功立业雄心壮志的戴高乐，却在俘虏营里度过了两年多的屈辱生活。尽管他也曾表现得十分出色，也曾获得最高荣誉骑士勋章，但对于血气方刚的爱国青年戴高乐来说，实在不无遗憾。

机会总是有的。不久，第二次世界大战在欧洲大陆爆发了。战事瞬息万变，数月间，德国机械化部队绕过马其诺防线，横扫法国西北部大片国土。在这战与和的生死关头，法国贝当政府竟然不战而降，宣布无条件投降，解除武装，缴出全部武器。而当时身为国防和陆军部次长的戴高乐，四处游说，反对投降，决心同德国军队血战到底！

但投降的局面已无法挽回，势单力薄、在法国已无立足之地的戴高乐，无奈于1940年6月17日带着妻女飞往英国伦敦。法国傀儡政府愤怒地以军事法庭的名义缺席审判，宣判戴高乐死刑，戴高乐无所畏惧，义无反顾地在异国他乡举起了抵抗的旗帜。他通过英国广播电台向全世界宣告：自由的法兰西将继续战斗到底！他把流落在国外的散兵游勇组织起来，建立起一支约7000人的武装队伍，开始与德国军队展开了长期艰苦卓绝的斗争。

经过4年腥风血雨的战斗，终于迎来了法兰西的自由与解放。1944年8月，民族英雄戴高乐，在200多万巴黎民众的欢呼和簇拥下，穿过凯旋门，胜利回到了自己可爱的家乡。这是他多年日夜渴望的一刻、梦想的一刻啊！

此时的戴高乐登上了荣誉的顶峰，他睥睨一切——希特勒的疯狂、罗斯福的傲慢、丘吉尔的权术，这一切都不曾使他屈服，让他却步！今天，法兰西民族的命运终于掌握在自己的手中了！

但，命运并没有让这位刚刚脱下征衣的铁腕将军辉煌多久，他很快就

在政治的搏斗中精疲力竭地隐退了。

10年隐居，一部巨著《战争回忆录》问世了。10年后的法兰西第四共和国在纷争与内讧中垮台了。铁腕将军戴高乐，审时度势，重新出山的时机终于来到了。他又登上了法国的政治舞台，成为法兰西第五共和国首位总统，且一干就是11个年头。

信心满怀的戴高乐，走马上任，大刀阔斧革新政治，大力发展国民经济。同时，他在国际舞台上长袖善舞，纵横捭阖。为了民族利益，他不畏美、英大国的打压，果敢地宣布退出北约，自己制造原子弹，成功出访苏联和东欧国家；他不顾美国和其他盟国的反对，毅然决然地与中华人民共和国建立外交关系。他高瞻远瞩地告诫世人："在亚洲，没有中国参加，就不能办成任何事。"由此，他赢得了很高的声望，不愧为一代远见卓识的、坚强的杰出政治家。

戴高乐是钢铁，是硬汉，是叱咤风云的将军。但戴高乐也是一位善良的、颇具悲悯情怀的慈父。

身体魁梧的戴高乐，由于长期于血与火的军旅生活中淬炼，性格刚直不阿、果敢阳刚，加之身居高位，尤显威严，似乎令人难以接触。但，人常常就是这样一个相反相成的矛盾统一体。他既阳刚又温柔，既勇猛又慈善，刚烈的戴高乐在女儿安妮面前就是一位爱心满满的慈父。

在安妮出生的前夕，其母亲外出不幸遭遇车祸，当场昏死过去。在紧急抢救中，由于服用了大量的药物，母亲转危为安了，但降生的女儿安妮却因药物中毒而成了一个智障的孩子。面对先天智障的幼女，有人建议把她送到残疾儿童养育院，戴高乐坚决不同意。他说："不是安妮自己要求到人间的，我们两人的责任，就是让孩子获得真正的幸福。"不幸的小安妮，在家中不仅没有受到歧视，反而备受父母的疼爱。为了让女儿能有一个祥和安静

的环境，他用自己早年的稿酬在乡下购买了一处环境优美的住宅，让可爱的女儿避开众人的目光，安静地生活在温馨的家庭氛围之中。

安妮一天天长大。饭后，戴高乐常常牵着女儿的小手在花园散步，给安妮讲故事、唱儿歌和表演哑剧。为了让小安妮高兴，身材高大的戴高乐还常常带着女儿一起欢快地跳起快步舞，直逗得小安妮兴奋地躲进父亲的怀里笑出声来，而爸爸也是唯一能使她快乐发笑的人。当小安妮玩累了，便伏在父亲温暖的怀抱中甜蜜地入睡。对女儿的任何要求，他从不拒绝；对女儿的任何过失，他从没有急躁厌烦过。戴高乐是个繁忙的人，很少有个人休闲的时间，但他即使在第二次世界大战流亡期间，也不忘把爱女安妮带在自己身边，呵护有加，以强烈的父爱安抚女儿创伤的心灵，时刻不忘让女儿享受人生之快乐。

1948年，在即将欢度自己20岁生日的时候，命运多舛的安妮不幸被肺炎夺去了生命。对于女儿的早逝，戴高乐悲痛不已，他站在女儿的墓前，

热泪盈眶，久久不肯离去。直到天色将暗，他才对妻子说："走吧，现在她已经和别人一样了。"

安妮走了，迟暮的戴高乐仍在牵挂着远去的安妮。他一生十分节俭，仅靠稿费度日的他，却仍把自己的大部分积蓄捐作儿童保健基金，以纪念早逝的爱女安妮。

1970年11月9日，一代杰出的军事家、政治家、法兰西第五共和国的缔造者——戴高乐将军在他心爱的科隆贝住宅书房中，因心脏病突发而逝世。

在即将告别人生的最后时刻，慈父戴高乐依然挂念着那早已远去的、可怜的智障爱女安妮，他在遗嘱中写道："我的坟墓必须在我女儿安葬的地方，日后我的夫人也要安葬在这里，墓碑上只写——夏尔·戴高乐（1890—？）。"

是哦，只有通达的大爱才能直达生命的深处！

老村的怀念

老村很老，老村很美，老村很遥远。老村的名字叫库姆罗韦茨，是克罗地亚北部一个秀美的小山村，1892年5月25日，前南斯拉夫联邦总统约瑟普·布罗兹·铁托就出生在这片丰腴的土地上。从此，小村不小了，老村不远了，老村也焕发了生命之青春。

走进库姆罗韦茨，首先进入你视野的是村口竖立的那块醒目的“老村”的牌子，接着便是一幢幢披着一身沧桑的老房子，它们无规则地随意散落在一片不大的山坡上。它们不远不近，不挤不靠，像即将收局的棋盘上的棋子，零零落落、散漫无序地铺排而去。铁托的故居就这么无声无息地摆放其间。故居旁是一条清澈的山溪，屋后则是一片繁茂的果园，门前一条平坦的村路横穿南北。老村山水相间，古朴而有韵味，确是一方难得的风水圣地。

铁托的童年就是在这儿度过的。铁托的童年是艰辛的，铁托的故居也是俭朴的，一座砖木结构的农舍、一个用木头搭建的仓房，便是他一家的栖身之所。故居今天仍保持着铁托儿时的面貌，保留着他家曾用过的桌椅、床铺和铁托小时的婴儿床，这些老家具无不默默地向游客叙说着主人那逝去的故事。

艰难的岁月练就了铁托一身钢铁意志。15岁，他就外出谋生，先后做过放牛娃、饭馆招待员、工人。20岁时，他毅然迈上了争取民族独立解放的革命道路。在血与火的淬炼中，他义无反顾、赴汤蹈火，后来成为伟大的反法西斯英雄，成为他亲手缔造的南斯拉夫联邦人民共和国的最高统帅，成为举世闻名的不结盟运动的创始人，成为20世纪最有影响力的世界巨人之一。

在国家建设的艰难岁月中，他根据自己的国情，以人民的福祉为上，坚定地走自己的路，不为苏联所控制，不做美国的应声虫。他经过数十年的砥砺奋斗，把一个贫穷、落后、分裂的南斯拉夫建成了东欧最具实力的强大国家，在巴尔干上空高扬起一面鲜红的社会主义旗帜。

铁托非常热爱自己的家乡，他在临终前还特地回到老村看望乡亲。今天家乡的人民依然十分怀念他，怀念那难忘的鱼水般的情谊。

岂止老村的乡亲热爱他，世界人民不也在纪念他、思念他吗？当他告别世界的那个悲伤的时刻，在他风光无限的葬礼上，竟然有128个国家的209个代表团，31位总统、4位国王、6位亲王、22位首相、11位议长出现在他那隆重的送葬行列中。一个农民的儿子、一个共产主义战士、一个国家的领导人，去世后竟然能被世人如此崇拜、敬仰，真可谓难得！

铁托是伟大的，铁托是幸运的。铁托的死，死得其所，更死得其时。就在铁托成为世界，特别是巴尔干人民心中象征着和平与幸福的精神图腾的时刻，也就是在他刚转身挥别他心爱的国家和人民仅仅10个年头之时，南共联盟分裂了！第十二个年头之时，波黑内战爆发了！昔日的手足成了不共戴天的仇敌，和平富强的家园变成了炮火纷飞的战场，3年多的战火呀，1300多个日日夜夜，25万兄弟丧生，240万百姓流离失所，20%的房屋成了一片废墟，450多亿美元的经济损失使过去繁荣富强的巴尔干之霸

主、团结统一的南共联盟分裂解体成了6个独立的国家，战火中有多少可怜的乡亲变成了流民，变成了难民，变成了沿街乞讨的乞丐，多少人民在血与火的煎熬中奔走呼号！国破家亡，无国，家在何处！今天的巴尔干战火熄灭了，但又有多少人在反思、思念和追寻，如果铁托还健在……

或许是某种预感吧，1948年建于老村铁托故居前方的那尊全身铜像，没有昂首挺胸，没有挥臂向前，而是静静地低首沉思——好一个“思考者铁托”啊！是时，是势？是运，是巧合！

归来吧，钢筋铁骨的铁托！老村的人民想念你，巴尔干人民需要你，世界爱好和平的人民怀念你呀！

一颗闪耀在中国“大地”上的珍珠

就像乡愁那般，人对已逝去的事物往往怀有一种特别眷恋和向往的情愫，除非它实在毫无意义。

2008年10月19日，当我们应着秋风的召唤，走进诺贝尔文学奖得主赛珍珠位于美国费城的青山农场故居时，心里不禁悠然涌起一股对故人故事强烈的新鲜感和深深的思念。她对中国人民那腔浓浓的爱恋情怀，实在令人敬仰和感佩。

赛珍珠是美国的著名作家，她那部以描写苦难的中国人民生活为题材的长篇巨著《大地》，为她赢得了世界文坛辉煌的地位，让她名载史册。

赛珍珠1892年6月26日出生于美国一个虔诚的基督教传教士家庭。在她刚刚降生4个月时，就被奉命至中国传教的父母抱上了前往中国的航船。自此她在中国度过了近40个春秋。年深外境犹吾境，日久他乡即故

乡。她挚爱中国的大地，同情善良勤劳的中国人民，用饱蘸激情的笔墨、世界级的创作水准，最早将中国人的形象介绍给全世界。她终生把自己当成中国人，她说："除了金发碧眼，我就是一个中国镇江人。"在她行将告别这个世界时，穿的是一生最爱的中国丝绸绿袍，逝后的墓碑只刻有篆体汉字——赛珍珠。多简洁、多庄重的宣言，多深切的中国情怀啊！

赛珍珠青山农场故居，坐落在费城郊外一个被古树苍松簇拥的漫漫山坡上。茂密的丛林，蓝蓝的湖水，美得就像一处世外桃源。

故居由高矮不同的几幢建筑组合而成，蓝灰色的瓦片，紫褐色的石墙，白色的窗框衬着绿色的窗扇，雅致而质朴。楼前是一片阔大的草坪，火红的枫叶，金色的法桐叶，洒遍大地。屋后是一处小巧精致的花园，弯弯的石铺小路，淙淙的溪流，低鸣的喷泉，活灵活现的雕塑……一派生机，别具情趣。

时机不巧，故居大门紧锁。透过玻璃望进去，屋内紫色的地板，蓝色的地毯，红色的沙发，五颜六色的照片，满墙的书架，洋溢着浓浓的书香气息，典雅大气，别有洞天。大厅墙上的那幅一身红色外衣、一头银发的硕大照片和那椭圆形的彩色玻璃框中“赛珍珠”三个篆书汉字，斜阳下熠熠生辉，令人感叹，难以忘怀。

幼年的赛珍珠，是在慈祥善良的中国母亲——王阿妈的怀抱中长大的。王阿妈不仅是小珍珠知寒知暖的阿妈，还是她人生的第一个启蒙导师。王阿妈的故事不仅给小珍珠带来了欢乐，灌输了知识，而且还为她招来了一群一生难忘的小伙伴。赛珍珠就是这样，从小沿着王阿妈和小伙伴这条渠道认识了中国的过去和今天，认识和理解了他们的父辈和后生，为她日后的文学创作准备了丰富而生动的素材，这些素材也在赛珍珠的著作中一个个走向世界。

年轮旋转，时光流逝，赛珍珠悄悄长大。当日历翻到1905年的时候，她已是镇江崇实女中一年级天真烂漫的学子了。赛珍珠是聪明懂事的孩子，她每天除了要学习老师教授的全部课程外，还要写篇自己命题的作文。这是母亲卡洛琳对女儿的特别关照，因为她隐约发现女儿心灵深处蕴藏着丰厚文学矿藏。赛珍珠的确没有辜负母亲的一腔期望，在她摘取诺贝尔文学奖桂冠后，曾无限深情地说：“从我孩提时代起，妈妈就教我写下我所看到的和感受到的事物，并帮助我去领悟到处存在的美。我每周都要写些作文让她批改，她的批评虽然严厉，但很体贴。她对我无限慈爱，我真是难以报答。”

可是啊，母亲的不幸早逝，让刚刚步入韶华的赛珍珠早早结束了她浪漫幸福的生活。当赛珍珠在母亲墓前添上最后一捧黄土后，依然长跪不起，不肯离去。悲痛中的父亲郑

重叮嘱说："孩子，对母亲的最好怀念，就是实现母亲的伟大期望！"

母亲的期望？母亲一生苦口婆心教养女儿不就是希望自己能成为一名伟大的文学家吗！

赛珍珠霎时长大了，她醒悟了，她振作起来了，她终于握起了饱蘸激情的笔，信心百倍地迈上了文学创作之旅。

就在这一年，满含热泪的赛珍珠，首次以母亲为原型创作了传记文学《流放》，以表达对逝去的母亲的深深怀念，这标志着赛珍珠艰辛的创作生涯开始了！

时光在颠沛流离中默默地逝去，赛珍珠在生存和文学创作两难中苦苦地挣扎着，追寻着逝去的时光。

1929年的一天，令人难以忘怀的这一天，风尘仆仆的赛珍珠又急切地走进了写作间，她迫不及待地在打字机上敲出了构思已久的鸿篇巨制——《大地》的名字。这清脆的响声宣告了赛珍珠在世界文学史上不可撼动的崇高地位！打字机键盘在不停地跳动，赛珍珠的创作灵感时而像电光石

火，时而像疾风暴雨，时而又像涓涓溪流。30多年的人生啊，有多少酸甜苦辣、多少腥风血雨，陪着这异国儿女坎坷颠簸。一路走来，拥有得天独厚的条件的她品味了中国大地的真谛，参悟了人生况味之至理！

呕心沥血的3个月啊，整整90个日日夜夜，赛珍珠就像着了魔似的畅游于创作的极度亢奋之中，以她朴实无华的风格，饱蘸激情地向人们讲述了农民王龙和他患难与共的妻子阿兰的故事，讲述她第二故乡苦难中国的故事……

《大地》占据了赛珍珠的一切，也是她生命中的一切。这既是心血与泪水的痛苦搏斗，又是人生幸福与欢乐的激情演奏。随着雄鸡的一声啼鸣，东方已初露曙光。《大地》的创作即将画上最后一个句号。赛珍珠呆呆地望着东方，望着冉冉升起的朝阳，又深深地陷入《大地》的故事情节之中。当她自豪地用打字机敲上最后一个字母，结束这项伟大而神圣的文学工程时，幸福、喜悦和期盼之情完全笼罩了她火热的心灵，她历数着用汗水和心血浸染的文字，不知不觉中进入了梦乡，她累了！

1938年的那个飘着晶莹瑞雪的初冬，一个世界级的特大喜讯，从瑞典文学院传到了美国青山农场，传遍了全世界：“由于她对中国农民生活史诗般的描述，这描述是真切而取材丰富的，以及她传记方面的杰作……我们决定将诺贝尔文学奖授予美国著名作家赛珍珠！”

这年12月10日，是赛珍珠终生最辉煌的一天。当她在丈夫的陪同下，迎着照相机闪闪的灯光，款款走上领奖台，热泪盈眶地接过获奖证书时，华贵端庄、光彩熠熠的赛珍珠在掌声卷起的风暴中，慷慨激昂地发表了答谢辞。她说：“我真无法表达我全部的谢意，就我个人来说，我知道所给予我的远远超过我在书中所奉献的。我只能希望我将来准备写的许多书能够某种程度上，比我今晚所说的更能表达我的感受……我想，当我想起今天，我会受到鼓舞和教益。”

赛珍珠抬起激动的脸颊，深情地说道：“中国人的生活这么多年来也就是我的生活，真的，他们的生活必将永远是我生活的一部分……而今天，当整个中国都处在她最伟大的奋斗，也就是求取自由的奋斗之际……我对

她的爱慕也更达到了顶峰……我知道中国是不可征服的。”赛珍珠情深意切的答谢辞飘向会场内外，飞向世界的城镇乡村，让全世界人民通过她，并随同她一起又一次想起了东方这个伟大的、不可征服的民族——中华民族。

1973年的春日，患病一年之久的赛珍珠隐隐地感到，上帝给她的时间实在不多了。在即将告别人生的时刻，她又想起与自己一起长大的中国朋友王龙，她怀念抚育自己长大成人的王阿妈，她追思陪伴自己步入文坛的丈夫卜凯，她更想念自己九泉之下亲爱的父母！镇江之夜的星光、结婚之夜的烛光、诺贝尔文学奖颁奖大厅的灯光啊，是那么温馨、值得留恋，多么浪漫而又难以忘怀的日子啊！亲人、伙伴、时光、人生，闪跃着、跳跃着，在她眼前默默地流逝着……

1973年3月6日的美国青山农场，肃穆而寂静，善良的文坛才女赛珍珠终于走完了她非凡辉煌的人生旅途！

是啊，赛珍珠不是珍珠，但她胜似珍珠！

蒙古之缘

6月的蒙古大草原，正是草长莺飞、最美最靓的时节。一望无垠的大草原，无声无息，无边无际，是绿的海洋，是花的海洋。苍鹰在蓝天翱翔鸣唱，牛羊在草地追逐徜徉，炊烟在那蒙古包尖上袅袅飘荡。草原深深，岁月悠悠……

沐浴着春光，披着霞光，我适时地踏上了蒙古国这片与我们手足相依的土地。

漫步在蒙古国首都乌兰巴托那弯弯的街巷、那古旧的民宅，眺望着城外的青山碧水、茫茫原野，追寻着岁月的足迹，品味着草原奶茶的幽香，一股浓浓的思古之情泛起于难以平静的心怀。

今天的乌兰巴托，古称库伦。她是这个马背上的民族繁衍生息的摇篮，是政治、经济、文化中心。在市中心，在车水马龙的最繁华的地带，大方地铺排着一片偌大的、人声鼎沸的广场。紧依着广场四周手牵手地挺立着数座现代化的高楼大厦，尽管还固执地穿插着些许苏俄风格的古老建筑，但仍然不失那迈步向前的气势和奋发向上的精神。顺沿着广场向外辐射着一条条街巷、一道道马路，沿着马路街道两旁，一直延伸而去的是各具特色、大小规模的超市、商场、学校。有些商店里还不乏国际高端奢侈品，它向人们昭示着，今天的首都居民开始努力跟上世界前进的步伐，创造、享受着自己新的生活。私家车尽管还没普及也并不高档，但已是部分首都居民出行的交通工具，这样，塞车堵路也就成了市民最习以为常的景观了。

广场最引人注目的是那尊高高地矗立于西南方的蒙古国领导人、蒙古人民党创始人、蒙古人民的儿子——苏赫巴特尔的雕像。

苏赫巴特尔，1893年出生于蒙古一个贫民家庭。他自小就没上过学，仅读了几年的私塾。他当过雇工，出过苦力。他19岁的时候参军入伍，曾担任过连长，在战士当中颇有些威信，因为出身贫寒，他苦苦求索摆脱贫困压迫的道路。俄国十月革命的烽火破天荒照亮了他的人生之路。1921年他和乔巴山将库伦的地下组织联合起来，建立了蒙古人民党，成立了志愿军。1921年7月8日已是志愿军总指挥的苏赫巴特尔与苏联红军一起进军库伦，成立了君主立宪政府。1923年，年仅30岁的苏赫巴特尔壮志未酬，因病去世。

万强先生是第四代华侨的儿子，30岁上下，胖胖的、红红的脸膛，敦敦实实的中等个儿，浑身上下每个细胞都洋溢着无穷的力量，他少言寡语，淳朴善良，能吃苦，爱帮人。在蒙古国期间，他一直为我们开车、翻译，车前马后，没黑没白，吃苦受累，但没有一句怨言，没道一声累，没

说一个“不”字，脸上总挂着满足的笑容，举手投足间总是流淌着浓浓的手足深情。谈起上辈老人寄人篱下、受尽苦难屈辱的生活，而今随着祖国的强大，他们海外华侨也开始过上了有尊严的生活时，他满心的自豪。离开他已是数月的光景了，但他憨厚正直的形象总在我脑海里浮现，我感念他对我的好，我惦念他的人生未来，我诚挚地祝福：老乡，好运！

是啊，今天的手足兄弟变了，兄弟的民族也在变。从乌兰巴托年轻人那匆匆的脚步和那欢声笑语中，我们切实地感受到了，今天的蒙古国人民正在为那美好的未来苦苦追寻着。

但是，未来还很遥远，希望也并非现实，富裕、幸福、梦想……还在路上。

其间，我们来到了蒙古国的旧都——哈拉和林。过去，这里曾是强大的蒙古国人民最引以为豪的圣地。它曾富强过，它曾辉煌过。但眼下的它，尽管依然是大区省会的驻地，但却残酷地衰落了，衰败了。昔日那宏大的皇城已无踪无影，荡然无存了，展现在眼前的是一座上百户人家的被历史遗忘的村镇。除了匆匆的国外游客，很少见到当地居民。房子是旧的，是散落的；围墙是木制的，是斑驳的；路是土的，是凹凸的、弯弯的，偶尔有车驶过，带起一阵尘土。唯一见到的那座工厂，早已倒闭。那些孤零零的现代化建筑，与这废旧的厂房形成了最不协调的搭配。苍凉、贫困、落后是概括这里现实的最真切的关键词，缺人气、少生气是这里最真实的氛围。唯一令人难忘的、让人振奋的是那展示历史辉煌的博物馆和宏大壮丽的寺庙群落。

在行车途中，我走进了路边一户人家。男主人领着两个孩子站在门外

迎接我们。女主人一手抱着孩子，一手煮着奶茶，在屋内准备着早餐。当昏暗的光线穿过窗子的瞬间，一家人饮食起居之杂物顿时亮相于眼前，一床一凳一炉是他们的全部家当。我望着主人那灰暗麻木的脸颊，心里一阵凉，但又很无奈。临别，我给孩子留下了礼物，只是太微薄了，至今我还懊悔不已。

在将要告别蒙古国的时候，不经意中，一条信息使我本来不平静的心更加不安起来。世界经济的衰退、发展速度的放缓，使这个靠资源投入刚刚发展起来的民族经济受到了致命的打击，国

家财政出现了前所未有的困难……

我的心情更加沉重了。

是啊，日子可以通过双手变好，困境可以通过奋斗改变。所有的坎儿、所有的难都能迈过，但，决定国家、民族前途命运，首要的是道路的正确!

路在何方?

文坛硬汉海明威

天阴沉沉的，风在低吟着，乌云笼罩着的美国芝加哥郊外的一座小镇秋风萧瑟。

这是2008年10月23日难忘的午后，我们几经辗转终于赶到了“新闻体”小说的创始人、诺贝尔文学奖获得者、文坛硬汉欧内斯特·米勒尔·海明威位于欧科帕克大街339号的故居。

故居是一座沧桑老旧的三层灰色小楼，环形敞亮的阳台，尖塔形的楼顶，个性而庄重。门前是一片无围墙的开放式小院，小院草坪间无规则地穿插着数株老少相间的花木，法国梧桐树阔大的叶子张扬地伸展着盖住了近半个院落，一条由水泥铺就的小路笔直地通向小楼的六级台阶。

推门走进故居，一扫阴冷压抑的心情，精神为之一振。敞亮华丽的大厅里，红色的地毯、雪白的窗帘、黑漆的钢琴、塑像、书橱、桌案、躺椅、餐桌……各居其位，一应俱全，依旧鲜艳亮丽，令人眼花缭乱。

踏上宽大的黄色木制楼梯到了二楼，走廊两侧挂满了海明威各个时期的照片和图画，琳琅满目，生动感人。卧室内，彩花地毯、紫色沙发、洁白的床罩、旧日的玩具，尽情地展示着主人昔日温馨幸福的家庭生活。亮人眼球的是童床上那个赖床不起的、憨态可亲的布娃娃，使人浮想联翩，驻足难忘。

海明威是一位垂钓高手。

海明威1899年7月21日出生于美国芝加哥市郊外小镇的一个安乐幸福的家庭。父亲以行医为业，母亲受过专门的音乐教育，出身高贵。但其父母在性格、素养和兴趣爱好上截然不同。他小时候的家，就坐落在瓦隆湖畔，湖水荡漾，风景秀丽，气候十分宜人。那时，父亲行医之余常常喜欢于湖畔垂钓。在海明威三四岁的时候，父亲就为他备好了小小的钓竿，随父亲游钓于湖畔树下。随着他渐渐长大，父亲就教他系钩调饵、甩线收竿、识别鱼群、选择钓位。在父亲的精心调教下，聪明伶俐的海明威12岁的时候，就已能独自或携伴垂钓于湖边，享受人生渔猎之乐了，而且他的垂钓水平也日渐精湛，每每放竿总有意想不到的收获，可谓是垂钓高手。

海明威自小养成的对垂钓的极大兴趣，一直保持终生，而且对他日后的文学创作产生了重大影响。无忧无虑的垂钓生活，陶冶了情操，磨炼了意志。他透过田园诗意自然的美景背后，发现和认识了大自然的残酷，培养和锻炼了观察、认识自然和社会的能力。随着他年龄的增长、生活压力的日益严峻，海明威为了忘却苦闷、舒解压力，常常忙里偷闲，迈出家门，走出都市，扛起钓竿，回归自然，垂钓于江河湖海。

1934年，在文坛已初露锋芒的海明威，在渔猎非洲回家的途中，钓兴大发，又购买了一艘更酷的渔艇，携上钓友，驾艇出海，劈风斩浪，于蓝天大海间，恣意享受着人生垂钓之乐。在一次垂钓中，他竟然刺中了一条巨鲸，这令他惊喜若狂，久久不能忘怀。后来，为他在世界文坛赢得巨大声望的中篇杰作《老人与海》的横空出世，不就是他早年惊心动魄的垂钓人生的最真实的写照吗！

海明威的垂钓声誉和他在文坛日益辉煌的地位相辅相成，相得益彰。在海明威的热情倡议和影响下，“挑战自然钓大鱼”的活动很快在全美兴起并迅速开展起来。1953年，美国自然历史博物馆成立了钓鱼运动组织。不

久，国际钓鱼联合会应运而生，这其中，不乏海明威的一分辛劳。

海明威是一位战场英雄。

少年时代的海明威就是一个特别争强好胜、勇于冒险、怀有一腔正义的孩子。

1914年第一次世界大战爆发时，海明威正在读中学二年级。1917年美国宣布参战。当时，年纪小小的海明威就要求以志愿兵的身份参战，远征欧洲。当被父母否定后，他初心不改，始终念念不忘到前线去建功立业。1918年机会终于来了，不满19岁的海明威，义无反顾地加入了美国红十字会战地服务队，但在开往意大利的途中，还未参战就受了重伤。为了抢救生命垂危的意大利士兵，他不顾自己的伤痛，继续坚守在火线，结果他再次遭到敌军机枪扫射。被抬进野战医院后，医生先后为他做了10余次手术，从他身上取出200多块弹片和弹头。他凭着顽强的毅力，伤病痊愈后又加入意大利步兵队列，投入到新的战斗。停战后，意大利政府授予他十字军功奖章、银质奖章和勇敢奖章。

1936年，西班牙人民反法西斯战争打响后，已享誉文坛的海明威，又背起了行囊，全身武装，以北美报业联盟记者的身份奔赴战场。在那血与火的日子里，海明威冒着枪林弹雨，深入前线，报道战况。他亲自出资为人民阵线部队购买救护车，为影片《西班牙大地》撰写解说词，创作发表反映西班牙内战的剧本和小说，激励战士为正义而战，为保卫祖国建功立业。

1940年，海明威迁居古巴，并在哈瓦那购置了居所，准备在这里享受安静的田园生活。但法西斯的侵略战火在欧亚大陆愈燃愈烈，海明威坐不住了，他又放弃了安逸的生活，带着新婚妻子来到了战火纷飞的中国。他目睹了苦难中的中华民族不屈不挠的斗争精神，他撰写了6篇有关中国抗战的报道，对中国人民抗击日本侵略者的勇气和牺牲精神给予了高度评价，一再呼吁美国政府对艰苦抗战中的中国人民以大力援助。

太平洋战争爆发后，海明威将自己的游艇改装成巡逻艇，为美国海军搜集情报，长达两年之久。1944年春，他又作为随军记者同美国军队赴欧洲采访，不幸飞机失事脑部受伤。不久，他又随美军在法国诺曼底登陆，在进攻巴黎的战斗中，不顾个人安危和军规，冒险先于正规军冲入市区，制造了轰动一时的“海明威案件”。艾森豪威尔最终慑于他的威望和社会舆论，不仅释放了海明威，还授予他铜星奖章。

海明威是一位文坛巨匠。

在中小学时期，海明威就初露写作禀赋。他的作文成绩始终在全校名列前茅，老师还常常拿他的作文在班上朗读，鼓励他勤奋写作，长大成才。在校几年间，他连续发表了30多篇文章。也许正是这少年成功的尝试，让海明威选择了写作为自己终生的职业。

1919年，第一次世界大战的炮声终于停止了，海明威也脱下了已被鲜血浸染的战服，返回了他的家乡。虽然他被当

作英雄受到热烈欢迎，但在军功章的背后，年轻的海明威精神上的创伤远比那200多处伤疤深远得多。在此后的时间里，他整日处在极度不安的状态中，战场上炮火连天、血肉横飞的残酷场景使他难以忘却而时时在眼前浮现。他苦闷彷徨，心灵无比空虚，前途一片渺茫。

为了尽早摆脱内心的苦闷，几经斗争、思考，聪明达观的海明威终于选择了他人生新的生活道路——写作。放下枪杆，重拾笔杆，在文坛上打拼出一片新的天地。

海明威没有进入大学接受正规教育，但第一次世界大战腥风血雨的战场却成为他难得的一所社会大学，战争中的亲身遭遇和耳闻目睹的事对他产生了重大的影响。1926年，他第一部长篇小说《太阳照常升起》应运问世，并一炮打响，他一时也成为“迷惘一代”流派的代言人和领袖。

写作的成功使海明威精神振奋，他一改昔日彷徨苦闷的状态，又马不停蹄地向文学新的领域、新的高地挺进。哪里有战火，哪里有危险，哪里就有他的身影，就有他的作品。不久，《永别了，武器》《死在午后》《乞力马扎罗的雪》等一大批作品相继出版发行，引起了社会的普遍兴趣和热烈的反响。特别是大作《老人与海》的问世，为海明威最终登上世界文坛极顶，并获得诺贝尔文学奖奠定了不可动摇的基础。

海明威一生虽辉煌，但一生也多灾多难。战争中他多次负伤；赴非洲两天内，经历两次飞机失事，肾、肝、脾破裂，脑震荡，颅骨骨折，脊椎骨损伤；他还在一场森林大火中被严重烧伤。他长期承受着肝炎、肺炎、贫血、高血压和败血症等疾病的折磨，晚年的海明威身体状况极度不佳且日益恶化。但只要在家，他仍坚持每天8点准时坐在写字台前，一直写到中午12点。几十年，一以贯之，从不改变。

1961年夏，一生致力于成为强者的硬汉海明威，完全丧失了写作能力，他悲痛无奈地哀叹："我写不出来，一点儿也写不出来……我不行啦！"

既然失去写作能力，也就失去了生存的所有意义，这是强者海明威终生不渝的信念。

1961年7月2日清晨，世界文坛硬汉、美利坚民族精神的丰碑——海明威，用自己心爱的猎枪自杀身亡。

呜呼！无言的死，就是无限的生！

勿里达的残阳

在浩瀚无垠的太平洋有个“万岛之国”——印度尼西亚，在印度尼西亚有座富饶而秀丽的爪哇岛，在爪哇岛有个声名远播的小镇，小镇的名字叫勿里达。勿里达是印尼首任总统苏加诺的故乡，故乡的人们至今还完整地保留着苏加诺童年时居住过的那幢久经风雨洗礼的老宅子。老宅子今天已被乡亲们辟为苏加诺故居博物馆，供游人参观瞻仰。

苏加诺的故居是由颇具民族特色的土木建筑群落连缀而成的大宅院，一道红框的白院墙将整个院落紧紧地揽进自己的怀抱，尖尖的屋顶、缓缓的房檐灰蓝镶边，古色古香，纯朴厚重，很雅、很美。

走进大宅院，一个偌大的灰砖砌就的庭院一尘不染地铺设在故居大厅

门前，左侧一株翠绿欲滴的巨大古树仿佛遮挡了半个天空，椭圆形的花池中一面红白相间的旗帜在蓝天白云间悄然舞动，一座身着洁白民族服装的苏加诺全身塑像高昂地挺立在旗帜下，向来客热情地挥手致意。

穿过庭院，便走进了苏加诺曾经生活过的故居大厅，大厅的墙上挂着他过去的照片和画像，厅里陈列着沙发、书案、文物古玩和生活用品等。尤为惹眼的是那间狭小却温馨的卧室，洁白低垂的纱帐、雪白的床单和枕头、紫红的衣柜和梳妆台，还是那么忠诚地守候着主人，诉说着主人曾经

的浪漫故事。

通过由灰色廊柱支撑的走廊，就进入了苏加诺故居的后院，这个由餐厅、厨房、接待室等组合起来的别具情调的小院落，花繁草茂，绿荫如盖，幽静而温馨。尽管老宅院久经岁月风雨的冲刷，已经没有了曾经的辉煌奢华，但那些老家具、老物件通身透露出的温润厚重的包浆仍然映照着主人昨日的富贵风华。

是啊，苏加诺并非贫寒子弟。1901年，苏加诺出生

于爪哇岛一个土著贵族家庭，他读过名校，毕业于万隆大学，曾获得土木工程学位，并在风华正茂的青年时代成为反对荷兰殖民统治的英勇斗士。他两次被捕，9年流放，遭受过失败的挫折和苦痛，在血与火的淬炼中成长为民族独立解放的伟大旗手。1949年印尼独立，他成为印尼的第一任总统，登上了人生之极顶。之后，他发展民族经济，振兴民族文化，主张反帝反殖不结盟，致力于促进亚非人民的团结合作。在国际舞台上，他叱咤风云，纵横捭阖，顺风顺水，顺心顺意。

就在苏加诺人生事业辉煌灿烂之际，国内风云突变。1965年9月30日，军事政变爆发，一场震惊世界的血腥大屠杀在整个号称“赤道翡翠”之国的印度尼西亚大地上海啸般地席卷而来，经过数月的血腥镇压，尸横遍野，血流成河，几十万印尼共产党惨遭杀害，成千上万的华人为躲避屠刀而回归祖国的怀抱。

在这惨绝人寰的政治地震中，苏加诺被架空了，他被对手剥夺了总统的一切权力，被残酷地软禁了！

数年后的1970年6月21日，这位失去自由的印度尼西亚曾经的独立运动领袖、国家第一任总统苏加诺在病痛和哀怨中悲惨离世！

苏加诺的墓地就坐落在小镇勿里达北面一片安静的土地上，郁郁葱葱的林木日夜守卫着这位民族英雄的英灵。1978年，印尼政府恢复了苏加诺的声誉，为他树立了纪念碑，并将其父母的坟墓一并迁到他的墓旁，让这一家人的游魂终于团聚于九泉之下。

当年的苏加诺，在国内、国际是一颗闪亮的明星。他英俊潇洒，风流倜傥，浪漫多情，一身才气，一身豪情。他曾几度访问中国，与比邻的中国人民有了不浅的情缘。也许正因有如此情感吧，当我手捧五彩鲜花撒向苏加诺棺墓时，一股幽幽的思古之情陡然从心底默然升起。盛名啊！你是人生奋斗的果实，也是人生奋斗的不幸！

走出墓园大门，太阳已经消失在西边的山脊，晚霞的光辉点燃了墓塔之巅的铜饰，熠熠生辉。残阳，勿里达的残阳一派血红！

信仰的播种者

如果说伊朗是一个久负盛名的神秘国家，那么位于伊朗首都之南百余公里的古城库姆则是一座名副其实的神秘圣城了。

其实，圣城并不宏大，也不豪华。当你驱车奔向库姆时，飞速闪耀在眼前的不是青山绿水、花红草肥的胜境，而是一片闪着冽冽银光的盐湖，是一望无垠的戈壁，是荒漠，是秃山，是枯草，是苍凉和沉重……

不过，当你走进库姆市区，迈步在市区的古街小巷，你会猛然发现，她——圣城库姆，瞬间神奇般地变了！她变得那么庄重，那么得体，那么有底气，道路宽阔而洁净，车如流水而有序，行人匆匆而不喧嚣，市政设施现代而不奢华，砖土民居古旧而不破败。这里没有高楼大厦，没有歌楼酒肆，没有醉男舞女，这里并不缺少肃穆的教堂、庄严的神学院、身披黑袍的善男信女和满腹经纶的伊斯兰宏道者……

古城库姆之所以称圣古今，并不仅仅是因为她多么古老，多么神奇，而是因为她是伊朗民众信仰之源头，至今亦有“伊朗一半权力在库姆”之说。尤为圣城库姆所引以为豪的是，前伊朗伊斯兰共和国最高政治精神领袖、什叶派宗教著名学者——鲁霍拉·穆萨维·霍梅尼就曾经在这里学习、生活、工作了42年之久，曾震惊世界的推翻巴列维王朝运动就是从这里发端并席卷全国的。

库姆是深奥的，是热烈的，也是有诗性的。数千年来，在这片并不肥沃的土地上，她几经战乱、灾荒、瘟疫和政权更迭等灾难的洗礼和淬炼，变得更加冷峻、厚重和沉稳。她养育了一代又一代驾驭着共和国前进方向的导师、学者。

霍梅尼许多的曲折故事就诞生在圣城库姆。

霍梅尼的故居坐落在库姆那条洁净而安宁的小巷首端，两条宽窄不同的道路在这里交汇并将故居紧紧揽在宽厚的怀抱中。这是一座极其简朴的砖土结构建筑，是一座被绿荫笼罩着且颇具诗意的、方方正正的小小院落。拾级而上，便是一排数间的住屋，地毯铺地，典籍盈屋，桌案无语，气氛肃穆。故居对外开放不久，参观朝圣者络绎不绝，身着穆斯林服饰的长者慈眉善目地笑迎八方访客。

霍梅尼是一位地道的移民后裔。他的祖籍并不是伊朗，他也并非出生于库姆这座故居。他祖父曾生活在印度北部一个名叫金图尔的小村落，19世纪中期，告别家乡经过伊拉克，于1839年来到了伊朗的霍梅恩定居下来。霍梅尼出生在霍梅恩，在那里度过了苦涩的童年，并开始接受宗教启蒙教育。他6岁开始学习伊斯兰教圣书《古兰经》；20岁时跟随宗教导师来到圣城库姆，深入研习伊斯兰教教法和法理学。27岁时，已是饱学之士的霍梅尼踌躇满志地走上了神学院讲坛，开课纳士，教授政治哲学、伊斯兰历史和伦理学，成为伊斯兰教什叶派的著名学者。其间他刻苦研读，著作等身，宏道讲法，精心培养了一大批精英，为后来的伊斯兰革命储备了雄厚的中坚力量。61岁时，霍梅尼已成为伊朗什叶派6大阿亚图

拉之一。

20世纪60年代，是阿拉伯世界政治大动荡的时代。蓄势已久的霍梅尼开始登上伊朗政治舞台的最前沿，他以反对“白色革命”纲领为契机，拉开了声势浩大的革命序幕。在他的号召下，成千上万的民众开始了抗议，反对巴列维王朝的斗争火山般地在全国爆发。而此时的霍梅尼却被捕了，后被流放到土耳其，又转道伊拉克，最后流居法国。

在流亡14年之后的1979年2月1日，霍梅尼终于回到了他日思夜想的祖国。当他以胜利者的姿态踏上祖国土地时，全国二三百万虔诚的群众潮水般涌至他的身边。

流亡者归来了，反抗的风潮更凶猛地掀起来了，军队倒戈了，临时政府垮台了。1979年11月，霍梅尼在全民公投采纳宪法后，正式就职最高神权领袖。

霍梅尼是在领导革命成功10年后，于1989年6月3日因心脏病突发逝世的。

霍梅尼确实是一位深邃、坚贞的信仰播种者。他用一部精深的《古兰经》凝聚了伊朗万千民众，撬动了整个世界的宏大格局，把一个濒临战乱深渊的国家整治成一个虽不富强，但确实有序、有个性、有梦想、独立于世界民族之林、令人刮目相看的国家。

霍梅尼走了，但他并没有走远……

追梦者之歌

我有一个梦，我有一个小小的梦，我有一个伟大的梦！

“人生最宝贵的是生命，生命每个人只有一次，人的一生应该这样度过：当他回首往事的时候，不因虚度年华而悔恨，也不因碌碌无为而羞愧；这样在临死的时候，他就能够说：‘我的整个生命和全部精力，都献给了世界上最壮丽的事业——为人类的解放而斗争。’”

这是苏联作家尼古拉·阿列克谢耶维奇·奥斯特洛夫斯基为理想而奋斗的庄严誓言，这是他短短32年的人生感言，也是他终生追寻的人生之梦！

其实，人生，就是一场醒着的梦。

当你读懂《钢铁是怎样炼成的》这部流芳百世的长篇巨著，当你读透这位身残志坚的著作者——奥斯特洛夫斯基的人生故事的时候，也许，你能对人生、人生之梦想有更深切的参悟。

我首读奥斯特洛夫斯基的这部大书，是在20世纪五六十年代，他那振聋发聩、激人心扉的豪言壮语曾使多少中国青年儿女热血沸腾，宿夜难眠，他点燃了多少人为理想信念而奋斗的火焰，他唤醒了多少人灿烂的梦想！他家喻户晓，他是人生之楷模！

2014年10月，我走进了这位我当年偶像的家——奥斯特洛夫斯基位于俄罗斯索契的故居，再一次深读这部人生强者的厚重大书，重新聆听这位文坛巨匠的梦想歌谣。

奥斯特洛夫斯基的故居就安静地坐落在黑海之滨的小城索契市那缓缓的山坡上。白色的院墙、黑色的铁栅栏将故居小院紧紧地拥入自己的怀抱。故居的庭院不大，但生机盎然：高高的松柏树，茂密的竹林，绽放的花朵，翠绿的草坪。站在椭圆形的阳台上，极目远眺，蓝天白云，山光海色，佳木葱茏，雅静而秀美。踏着修竹花草簇拥的小径，蜿蜒直达故居大

门。故居内仍然完整地保留着奥斯特洛夫斯基当年生活创作的场景，厨具、床铺、桌椅、沙发和藏书等昔时物品也陈列如旧。

奥斯特洛夫斯基的一生是苦难的一生，也是苦斗的一生。1904年，他降生于一个贫寒的工人家庭，11岁当童工，15岁上战场，16岁战斗中身负重伤，23岁身体瘫痪，24岁双目失明。在他短暂的人生旅程中，他当过搬运工、锯木工、电器维修工，他烧过锅炉，为人放过马，扛过枪，上过战场。就在他青春年华之时，命运将他残酷地抛向黑暗的深渊，32岁的他英年早逝。

不可预知即是人生。可是他的人生竟是如此悲惨多难，如此不可想象的苦痛。

希望在哪里，明天又在何处？但是，奥斯特洛夫斯基没有退却，没有倒下，没有止步！人生什么都可以被剥夺，唯有梦想不可被剥夺。1930年，他抖擞精神顽强而又颤抖地拿起了笔杆，开始了《钢铁是怎样炼成的》这部巨著的创作。他与病痛斗争，与命运搏斗。他在床上双膝曲起，靠在膝盖上写作。他每天坚持创作10多个小时，甚至通宵达旦。在生命的末期，他已精疲力竭，笔下的字迹潦草，歪斜重复，后来不得不由照顾他的二姐和母亲将他的文稿重新整理抄写。

梦想，是人生旅途中最坚固的手杖。是那伟大的梦想支撑着这位钢铁般的战士，在极端艰难的条件下，用3年多时间，终于完成了《钢铁是怎样炼成的》这部心血之作、生命之作。

是啊，冶炼钢铁的并不都是炉火，还有苦难。作品一经问世，他的名字即刻传遍了广袤的苏联大地。1935年，就在这座别墅，他当之无愧地接受了国家的最高荣誉——列宁勋章。

奥斯特洛夫斯基的梦想实现了，可是奥斯特洛夫斯基也走完了他最后的旅程，1936年冬，这位伟大的钢铁斗士走了。

当我把目光再一次落在那张全家福的旧照时，思绪不禁重回到了那遥远的年代，心潮涌动，感慨万千。相框不大，照片已旧，照片收藏了他多少故事、多少梦想？老照片中的他，是那样地俊朗潇洒、甜蜜而幸福。他那双明亮坚定的眼睛，依然执着地向我们默默地微笑……这笑貌中隐藏了他多少人生苦痛、多少希冀和梦想！

是啊，这就是人生，这就是强者之梦——逝去是他最后的歌，也是他最后的绽放！

红色亲王苏发努冯

当我们走出老挝首都万象的机场大厅，一对英俊的青年男女热情地迎了过来，经同伴阿宽介绍，他们是阿宽朋友的女儿李小姐和她男朋友，是专门赶来接待我们一行的，几句礼貌的寒暄过后，我们即登车上路。

车行驶在市区安静宽阔的马路上，浓郁的东南亚异国风情扑面而来。万象是一座魅力无穷的田园城市，她俏丽而悠闲，闲得甚至有些慵懒；她幽静而祥和，静得甚至令人窒息；她焕发着“旧世界”的精彩，又开发出“新时代”传奇的色彩。尤其是旱季的元月，一觉醒来的万象，雨过天晴，气候宜人，滚滚南去的湄公河伴着波光粼粼的河水和成片成排的棕榈树，为都城锦上添花。

今天的万象，天气尤其好。天，特别晴，特别蓝，特别透；花，开得也特别盛，特别靓，特别美；我们的兴致也特别大，特别好，特别高。一路行车，阿宽滔滔不绝地向姑娘诉说着我们两天来在琅勃拉邦寻找苏发努冯亲王故居艰难曲折的故事。姑娘听罢爽朗地笑着说："苏发努冯亲王的故居就在我们万象，饭后我带你们去参观。"

这突如其来的惊喜使我们高兴得一时不知如何表达感激之情。这真是踏破铁鞋无觅处，得来全不费工夫啊！我们俩老人风风雨雨找了两天，一无所获，竟然在无意的闲谈中碰上了。

这天早餐吃得十分惬意，饭后，我们匆匆上车，直奔苏发努冯亲王的故居。

车在马路旁一块精致的石碑前转弯，驶入被花木笼罩的大院。骄阳下，大院前后挺立着大小红白两幢楼舍。李小姐告诉我们，前排这座两层白色别墅就是苏发努冯亲王生前曾生活、工作的地方，后排那栋红色的公

寓楼是亲王家人的住处。别墅前是一片不大的树林，树下是一片由多种花草装扮的花园草坪，园中一汪静静的池水倒映出佳木楼舍的清晰身影，门前池水间旗杆上飘扬着的国旗在白云蓝天下显得格外庄严肃穆。

故居设计得非常个性，别致而经典。一楼已变成展厅，珍贵的图片和实物似在诉说着苏发努冯亲王那波澜壮阔的一生。

沿着一楼右侧宽宽的楼梯，我们进入了二楼亲王昔日办公、起居、休息的地方。

走进宽敞明亮的二楼大厅，一束束暖暖的阳光从窗外直泻而下，庄重祥和。亲王生前用的写字台、书橱、卧床、沙发、藤椅等都原汁原味地保留着。今天它们依然忠诚地坚守在岗位上，郑重地接受着游客的观览与问候。最令人难忘的是办公桌前摆放的列宁、斯大林、毛泽东、胡志明、卡

斯特罗等人的照片。那一幅幅曾经为一个共同的伟大理想而奋斗终生的导师的照片，令人流连忘返，感慨万千！

曾担任过老挝国家主席、“巴特寮”革命运动领袖的苏发努冯亲王，1909年7月13日出生于老挝琅勃拉邦王宫，其父亲是老挝副国王。他虽出身皇族，生活优裕富贵，但他小小年纪就离家读书，后毕业于法国巴黎大学，成为公路桥梁工程师。在越南修桥筑路期间，他目睹了苦难的工人阶级所遭受的压迫和剥削，血气方刚的亲王自此在心头萌生了反抗殖民压迫、为苦难大众争取民主自由的理想。

1945年，他回到自己的祖国，组建老挝伊沙拉阵线，指挥抗战。第二次世界大战后，他又组织指挥了抗击法国殖民统治的运动。在争取民族独立的伟大斗争中，他曾栖居过岩洞，曾蹲过牢房，曾被软禁，曾身负重伤，与他一起并肩战斗的战友有的牺牲了，有的投降了，有的成为反动政府的官僚，而他初心不改，踏血前行，出生入死，一直战斗到祖国完全独立解放。老挝人民亲切地称他为“亲王主席”，国际社会赞誉他为“红色亲王”。

苏发努冯亲王把自己的一生完全奉献给了解放老挝人民的伟大事业。

1986年，他在率团前往哈拉雷出席第八次不结盟国家首脑会议途中，突然病倒，自此偏瘫失忆。9年后，他告别了老挝这片他为之奋斗终生的土地。

啊！伟哉，红色亲王！

善哉，慈悲的天使

她，出生于马其顿共和国首都斯科普里，而国籍却是科索沃；她，阿尔巴尼亚后裔，而一生却献身于印度加尔各答的慈善事业；她，在87岁高龄告别人世时，为教会留下了4000多个修女、超过10万人的义工、123个国家中的610个慈善工作者和4亿多美元的资产，而她个人的全部资产却只有1尊耶稣像、3套换洗的衣服及1双凉鞋。当获悉这位一生为穷人费尽心血的圣洁修女西归的噩耗后，全世界为之动容。印度为她举行隆重的国葬，数万人为她送行，20多个国家400多名政府要人，包括3位女王、3位总统出席她的葬礼。

她，就是世界著名天主教慈善工作者、诺贝尔和平奖得主特蕾莎修女。

特蕾莎1910年8月27日诞生于一个天主教家庭，父亲是一个富裕的杂货承包商。由于她是家中最晚降临的小女，有父母的呵护，也有哥哥姐姐的

爱抚，童年的特蕾莎是在歌谣和祝福声中长大的。

在家庭和社会浓厚的宗教氛围影响下，特蕾莎12岁就加入了天主教慈善会，并且善心一发而不可收，15岁时她和姐姐翻越千山万水来到了印度接受传教士的训练。27岁她毅然决然成为终身职业修女，义无反顾地走上了献身于慈善事业的人生旅程。

2017年一个春风荡漾、阳光明媚的午间，我赶到了特蕾莎修女的出生地斯科普里。

今天的斯科普里已是1991年独立后的马其顿共和国的首都。穿过高大雄伟的白色凯旋门就是繁华喧闹的中央广场，亚历山大跃马挥剑的全身雕像在蓝天白云下英姿勃发，傲然挺立。一幢幢历经岁月而又具现代感的建筑拱卫左右，让人宛如穿越时空又进入了亚历山大帝国的黄金时代。随着人流，向左前方行进200米许，一座个性独特的三层小楼，安静地坐落在路边高大建筑群之中，这就是特蕾莎修女的故居纪念馆。

故居纪念馆设计别具一格，一楼和二楼的外墙由斑斓的大小不等的圆石砌就，错落有致，简朴而低调。三楼则是一

色的玻璃装饰，明亮通透，光彩夺目。黄瓦配饰的红色门楼旁，谦卑地挺立着特蕾莎身着古铜色修女长袍的塑像，右墙则悬挂着两块印有她头像的金色铜牌。穿过门楼便进入一楼大厅，大厅为半圆形拱门撑开一圈的开放空间，时值午间，大厅阳光漫洒，人头攒动。沿着弯弯的、螺旋上升的楼梯便登上了二楼的展厅，墙上挂满了大小各色照片，默默无言地介绍着特蕾莎艰辛奉献的人生轨迹。在展厅的右前方摆放着一张简朴的木床、一个褐色衣柜和一只黑色的提箱，床上铺着一条薄薄的、红白相间的织毯，箱里盛的是几件白色提花的披肩衣物，这大概就是特蕾莎的遗物吧。不过这

应该是复制品，因为它们太过鲜亮而缺少岁月的留痕。

特蕾莎的一生是苦苦为穷人而活着的一生。她18岁那年，告别了父母和可爱的家乡，来到了贫困多难的印度。在她漫长的生命岁月中，再没有离开。在举目无亲的异国他乡，她自己都居无定所、食无定时，她却每天推着小车穿行在加尔各答的大街小巷，在垃圾堆里、教堂外、河沟旁、车站内，搜寻那些奄奄一息的患者、被遗弃的婴儿、垂死的病人，然后她又四处去乞求人们的施舍、帮助，喂养他们，医治他们，甚至为他们处理后事。在贝鲁特难民营遭遇战火的围攻之紧要关头，她拖着72岁高龄的病体亲临战火纷飞的前线，奔走斡旋于以色列军队和巴勒斯坦游击队之间，以她之真诚和爱心，终于感动了交战双方官兵，实现暂时停火，从战火和医院中拯救出伤痛的病员和无助的儿童。特蕾莎认为，人类的不幸并不是贫困、疾病和饥饿，真正的不幸是当人们生病和贫困时没有人伸出援手。特蕾莎不正是这种不失时机、终生如一地为贫苦人们伸出援手的圣洁天使吗？

特蕾莎以终生博爱的精神，关注着、侍奉着穷人，她把自己的一切都献给了穷人、病人、孤儿、无家可归者和垂死临终者。而她一生生活相当

节俭和艰苦，甚至对自己是相当苛刻。1979年她众望所归地走上了诺贝尔和平奖颁奖的领奖台，她是穿着一件只值1美元的印度莎丽向台下身着珠光宝气的名流达人们发表慷慨激昂的答谢致辞的。她对发达富贵不以为然、视而不见，心中唯有穷人。当得知颁奖大会宴席的费用高达7000美元时，她坐卧不安，因为这笔钱够15000人一天的生活呀！在她的恳求下，宴席终于取消了。她将宴席省下的钱、卖掉诺贝尔和平奖牌的钱，加之颁奖大会上40万瑞币的捐款和自己诺贝尔和平奖的奖金，全部无偿捐给了穷人。

特蕾莎只是一位貌不惊人的修女，没有高深的学识和深奥的哲理，只用一生的慈悲和慷慨、真诚和奉献、行动和大爱服务穷人，关爱社会，她之精神无疑是伟大的、永恒的！

至诚期愿我们每一个活着的人，也能像特蕾莎那样为他人、为社会贡献出自己的爱心，在为人民服务中找到人生的真正意义。

梭罗悲歌

“美丽的梭罗河，我为你歌唱；你的光荣历史，我永远记在心上……你的源泉来自梭罗，万重山送你一路前往，滚滚的波涛流向远方，一直流入海洋。”

这首荡气回肠的印度尼西亚民歌《美丽的梭罗河》，多么令人对那远方的、迷人的异国风情心思神往，激动不已！

是啊，源远流长的梭罗河是壮丽的，是俊美的，值得她的儿女们引以为豪，放声高歌！

在梭罗河畔，有一座古老的小城梭罗。她很古老，也曾经很辉煌，只是到近代有些破落消沉。但，古老王国的印记、大小王宫的挺立和皇室气场的犹存，为今天的梭罗增添了些许色彩。

尤其，这里还是印度尼西亚共和国第二任总统苏哈托生命的源头。

苏哈托的故居就在梭罗市中那条古旧的马路旁，那里有着高高的大门、高高的围墙、宽阔的院落、葱茏的花木、气宇轩昂的正厅，虽稍显古旧但不失豪华气派。

迈入大厅，映入眼帘的是令人眼花缭乱的文物古玩、图片画像、图书

典籍和书案家具。各类藏品数不胜数，目不暇接，它们无不在叙说着主人昔日的权威和奢华。

其实，苏哈托童年的家境并不富足，他自小被寄养在姑妈家中，中学还没有毕业，就被生活所迫辍学外出，打工糊口。后来当兵入伍，进入军界，年轻的苏哈托发奋努力，命运有了转机。1960年，39岁的苏哈托升任陆军参谋长第一助理。之后，他很快又晋升为少将，任陆军战略后备司令部司令。

此时，飞黄腾达的苏哈托在权力的悬崖峭壁上无休止地向上攀越着。也正是这一刻，他注定一生与权力交集难离了！

1965年9月30日，印尼爆发“九三〇”事件。苏哈托抓住这一时机，

反击得手，随即在全国策动了一场惨绝人寰的反共大清洗。大批印尼共产党员被屠杀，大批华侨被当作共产党员而遭处决。

借政变上台的苏哈托，1966年代行总统职权，1968年当选总统。走马上任的苏哈托首先建立了强大的中央集权政府，实施军人主政。他励精图治，奋斗20余载，印尼经济快速增长，贫困人口大幅减少，人民生活水平有所提高。此时，有“建设之父”美誉的苏哈托声望达到顶峰。

绝对的权力，必定伴随绝对的腐败。随着印尼国民经济快速发展，苏哈托家族的贪污腐败也达到了令人发指的程度：4个女儿、1个媳妇成了国会议员，长女任部长，女婿任特种部队司令，亲信党羽无不飞黄腾达。据世界银行提供的资料显示，在苏哈托执政期间，仅他个人资产就高达160亿美元，其家族聚敛的赃款达150亿—350亿美元，占印尼GDP的40%，成为世界最富家族。

人生无常，物极必反。1997年7月，命运终于给苏哈托下达了最后通牒。

这年盛夏，金融危机的风暴席卷了整个东南亚，印尼全国货币贬值，物价飞涨，企业倒闭，外资逃离，职工失业，几十年的奋斗成果毁于一旦。经济危机又引发了政治危机，不堪忍受压力的成千上万民众终于爆发了大规模暴乱。抗议行动蔓延全国，身处黑色风暴中心的苏哈托成为众人唾弃的孤家寡人，罪魁祸首。

无可奈何花落去，一生辉煌毁于贪。走投无路的苏哈托终于不情愿地交出总统权柄，黯然退场。

2008年1月28日，联合国反腐败大会在印尼拉开帷幕，而就在前一天，高居世界“贪污腐败富翁榜”榜首的86岁的苏哈托，在全球愤怒的声讨中匆匆地走了。

这是总统的耻辱，还是国家的不幸？这是权力和金钱合谋的咒语，还是梭罗河的一曲悲歌？

斗士的品格

在狭长的朝鲜半岛南端，韩国富饶的巨济岛上，有一个闻名遐迩的叫作“长木面外浦”的小渔村。村子面海而建，山水相依，钟灵毓秀，小巧且大气。今天的渔村已是旧貌换新颜，昔时岛上的老屋旧舍早已不见了踪影。尽管小村深居海岛，但宽宽的公路穿村而过，交通倒也方便。在公路旁，紧依着山坡坐落着一处具有民族风格的旧式渔家院落，这就是曾任韩国第十四届总统的金泳三的故居。

金泳三的故居顺山坡而建，长长的台阶，弯弯的院墙，低矮的瓦屋，木石结构的传统老屋，尽管有些老旧，但仍不失敦实、厚重、沧桑之美。拾级而上，门楼古典庄重，但大门紧锁。隔墙望去，小院呈长方形，院落打扫得干净利落，北侧耸立着金泳三的半身雕像，雕像目视前方，庄严肃穆。不远的墙角处堆放着一些泛着岁月包浆的旧式陶罐，大概是主人当年腌制海货的老物件。站在故居台阶居高临下，渔村四野尽收眼底，秀美的海岛渔村尤显开阔而灵气。

金泳三的童年是在颇有些文墨的祖父身边度过的。他从小熟读孔孟诗书，青少年时就立有大志，小小年纪就曾在自家土墙上贴出八个大字："未来的总统金泳三。"他终其一生，砥砺前行，为自己的这一政治理想而拼搏。大学毕业后，年仅24岁的金泳三就获得了很高的人生起点——担任总理秘书，26岁时成为韩国最年轻的议员，不久就成长为"在野党的旗手"。在两次竞选总统失败之后的1993年，他终于登上了国家最高政治舞台，实现了他儿时的伟大梦想。

金泳三是一位顽强的民主斗士。近代的韩国可谓多灾多难，由于长期军人专政，政变频仍，社会动荡，民怨沸腾。为改变国家乱象，建立一个

民主法制的国家，自青年时代起，金泳三就高擎民主的旗帜，向军人政治展开了长期的、不屈不挠的斗争。为此，他曾被软禁，曾遭逮捕，曾坚持绝食20多天以生命相抗争，也曾以“三金组合”抱团向强大的军人政权发起一轮又一轮声势浩大的挑战。

正义必胜，民主不朽。修改宪法终于成功了，人民胜利了，金泳三当之无愧地成为韩国第一位民选总统，开启了韩国民主政治的新纪元。

金泳三是一位清廉的反腐斗士。他反对贪污腐败，坚定果敢，义无反顾。他敢于担当，敢于叫板，敢于承担后果，敢于付出代价。他上任伊始，即发誓坚决铲除腐败与邪恶，重振国民道德与民族正气。他立说立行，肃贪反腐的第一板斧即指向国家公务员，实行财产公开和金融实名制。在他主持第一次国务会议掀起反腐风暴的第二天，就将他和直系亲属的全部家庭财产见诸媒体报端，“反腐肃贪从我做起”的呼声引起全社会极大震动，也给了公务员强大的政治压力。在金泳三的带领下，1167名执政党高级公务员群起效仿，在野党的领导人也纷纷公布了家庭财产清单。

但腐败者憎恨之，反对者攻击之。而金泳三不信邪，不退缩，上任一年就罢免了1300多名高级公务员，包括国会议长、执政党秘书长、汉城市长等高官。与此同时，金泳三及时果断地把反腐风暴引向极敏感的军界，参谋总长、陆海空参谋长等也先后被罢黜官职，清出军界。甚至前两任总统也因巨额秘密资金被揭露而被依法押上了法庭，接受历史的审判，成为轰动全国的“世纪大审判”。

金泳三对韩国社会穷奢极欲、贪图享乐之风深恶痛绝。他进入青瓦台总统府即下令关闭了总统府内的高尔夫球场，将总统府周边地区大街

小巷全部对百姓开放，总统府伙食只配汤面和牛肉泡面。除接待外宾，待客的伙食也仅有面条。

2011年，83岁的金泳三已是走下政坛的耄耋老人，但他反腐的初心不改，爱国情怀愈老益浓。1月5日，金泳三向5000万国民郑重宣布：将把个人50亿韩元的财产全部捐献社会。捐出一生奋斗之心血，不给子女留一个铜板，这是何等的胸怀，何等的境界！

有权势者，必有故事。但这绝非杜撰的神话，尽管人生之兴衰荣辱、是非曲直、成功与失败，有时盖棺亦难定论，但斗士献身的事业、斗士独具的品格不朽！

给我铅笔

人无癖，难成大业。所谓癖者，大抵爱一物而不能自已，专一业而不能自拔，甚至以生命相搏。手塚治虫最是钟情于漫画业，以其大癖而成就大名的典型代表。

手塚治虫何许人？真正能直呼其名且知其理的人大概已不多见了。但追溯到20世纪七八十年代，说起《铁臂阿童木》的故事，那可是妇幼皆知、有口皆碑。那神奇的精灵、优美的画面、深刻的思想，在人们的心灵中播撒了多少美好的憧憬和追求！

这位播种美好梦想的《铁臂阿童木》的作者，就是被世人誉为“漫画之神”的日本漫画家、动画制作人、医学博士手塚治虫。

手塚治虫1928年11月3日诞生于日本大阪府丰中市。2016年的初秋，

我们来到了手塚治虫曾经生活工作长达20年之久的宝冢市。手塚治虫的故居坐落在市北的山坡上，一条马路自门前蜿蜒而过，左右两座门楼古朴大气，一道高高的院墙紧紧守护着主人昔日的故事。隔墙望去，树木葱茏，庭院阔大，豪华而气派。只是，门庭紧闭，物是人非，已易手他人多年了。站在门外，此情此景，真是让人感慨万千！

幼年的手塚治虫长得一脸昆虫像，大大的脑袋，矮矮的、瘦瘦的身骨，上小学的时候经常受到同伴的嘲笑和欺负。尽管小小的手塚不受同伴的待见，可他从小就爱上了画画，4岁时就能把自己睡梦中见到的情景以图画的形式描绘出来。手塚治虫的妈妈也是一个非常有远见的母亲，她发现孩子小小年纪就有如此的天赋，就因势利导，为手塚购买了许多漫画图书，手塚年幼不认字，妈妈就念给他听。渐渐地，家里的漫画书越买越多。这样，手塚在同伴中的地位也慢慢发生了变化，他家竟成了孩子们看书的乐园。到了小学五年级的时候，手塚治虫已崭露头角，他的漫画天赋已显现。

时光似水，岁月如梭。手塚渐渐长大，走出了校门，背负着自己的理想和母亲的期望，背井离乡来到了首都东京，开始了他终生追求的漫画创作事业。

在手塚14岁那年，中国万氏兄弟制作的动画长片《铁扇公主》在日本上映，给正在漫画创作道路上探索的手塚极大的震动和启发。正是万氏兄弟的这部经典之作，影响并促使他最终走上了漫画创作的道路。

手塚治虫爱漫画成癖，他把漫画创作当作自己终生的追求，废寝忘食，呕心沥血。在他最繁忙的创作巅峰时期，曾同时进行13部漫画作品的连载创作，每天睡眠不到4个小时。在旅途的飞机上、汽车上，他抓住一切可以利用的机会作画，曾三天三夜不停歇地连续创作，有时一天可创作50多页的漫画作品。同时，他每年还抽时间观看300多部电影，从中寻找创作灵感。

在手塚治虫短暂的一生中，有45年的光阴献给了动漫事业：1952年创作的《铁臂阿童木》轰动日本，1953年的《缎带骑士》为世界第一部少女漫画，之后创作的《森林大帝》成为世代相传的名作，《火之鸟》至今依然为日本漫画界的最高杰作。他被世人称为“漫画之神”。他开创了有限动画的先河，开启了日本战后动画发展的新纪元，他是日本动漫发展的领军人物，让世人从他身上看到了日本动画积极向上的精神风貌。

手塚治虫自20世纪60年代初开始他的动漫生涯，一生砥砺前行，初心不改，奋斗不止。他一生创作的漫画作品多达15万页，漫画集400多卷，为世人留下了珍贵的、难以估量的精神文化财富。

日本宝冢市市民为纪念这位世界著名漫画大师，于1994年建立了手塚治虫纪念馆。高高耸立于馆前的彩色火鸟雕像，神奇而灵动，简洁而大气，催人向上，导人向善。馆内那一部部绚丽多姿、生动感人的漫画作品，将人们引入手塚治虫当年那烈火般的创作激情之中，欣赏，回味，感叹。手塚治虫那如痴如醉奋斗的一生，如火如荼辉煌的一生，像流云，似流水，蓦然在脑海升腾闪耀！

“给我铅笔！”这是手塚治虫1989年2月9日逝世前留给世人的最后一句遗言，最后一个心愿，最后一个追求。

上帝挽留了他，他还是走了，只是走得太早、太快、太匆忙，他还有多少作品没有杀青，还有多少梦想没有实现？

60余年如画的岁月啊，他留下了辉煌，留下了遗憾，留下了对动漫业的深深依恋……

灵魂的呼唤

日夜奔流向前的运河水，越过荷兰如画的低洼平原，穿过阿姆斯特丹如梦的古巷，来到了普林森格兰特雅致古朴的小街，来到了安妮·弗兰克昔日的“密室”前。

缓缓的、默默流淌的运河之水啊，此时此刻你在思虑些什么？你在诉说些什么？你在向我们这些异乡游子展示些什么？

我肃穆地挺立在滚滚而去的运河边，我敬慕地站立在运河岸边静静的“密室”旁，我凝视着数米之遥的小屋那灰色的尖顶，我听到了你——运河，低低的呜咽之声，我听到了你——安妮，血与泪的诉说……

迈步穿过临河的洁净小街，我轻轻地走进了一座三层小楼，推开虚掩的书架，钻过低矮的洞口，扶着窄窄的楼梯，缓缓地进入了安妮曾经避难两年之久的故居“密室”，走进了安妮姑娘催人泪下、激人奋进的故事之中。

安妮·弗兰克是一个美丽的才女，但她短暂的一生并不幸运，也不幸福，她还没有来得及品味少女花季的烂漫，就早早地与苦难、不幸结下了不解之缘。

是的，安妮也曾经有过几年值得回忆的童年生活，那还是她很小很小的时候。

安妮1929年6月12日出生在德国法兰克福一个富有的犹太人家庭，父亲奥托·弗兰克手握一家公司总经理的重权；母亲身为富家闺秀，与父亲门当户对。童真烂漫的安妮，每日幸福地荡漾在父母亲手筑起的爱河之中。当她年龄稍长，背上书包，跨进校门之后，迎接小安妮的依然是老师的关怀、同学的友爱，小安妮无忧无虑、无牵无挂地一天天在欢笑中长大。

但是，清晨晴朗不代表全日晴朗，童年幸福并非代表终生幸福。就在安妮刚刚吹灭4支蜡烛，祝福生日的歌声刚刚落地不久，她，可怜的小安妮开始迈入了不幸与苦难的人生旅程。这一年，祖国的上空平地卷起了一股震撼世界的黑色云团，狂人、恶人、罪人希特勒鬼使神差地登上了德国的政治舞台，随即罪恶的排犹浪潮席卷了全国上下。惊恐迷惘的小安妮偎依在父亲身边，裹挟在逃亡潮流中，举家迁居到邻国荷兰首都阿姆斯特丹暂避凶险。

可是，时局的进一步恶化使小安妮一家仅仅过了几年平静的日子，就又一次面临新的、痛苦的、生与死的抉择——德国又占领了荷兰，安妮一

家被勒令立即出境。此时此刻欧洲已是炮火连天、战火弥漫，何处是安身之处，哪里有立身之地？

走投无路的奥托·弗兰克毅然决定，不再逃亡，全家立即藏进自己营业楼上的附属建筑阁楼密室中，因为这里面对运河，地处偏僻，阁楼深藏，不易被发现。可爱、可怜的13岁的小安妮就这样拉着父母颤抖的手，与姐姐等8人偷偷地爬进了密室，开始了她刻骨铭心的两年零8个月的“黑人”生涯，开始踏入了她人生苦旅的最后驿站。

走进了黑暗的阁楼，开始过上了担惊受怕的生活，听着窗外莺唱虫鸣、水响风吟的奏鸣声，天真烂漫的小安妮多怀念往日那自由自在的生

活、那好友的真情厚谊啊！

小安妮想念逝去的生活，怀念以往的朋友，但最令她回味无穷的还是自己刚刚度过的生日。

小安妮13岁的生日还是在密室外度过的，那天是6月12日星期五，时钟刚刚敲过6下，日思夜盼着生日的小安妮就再也睡不着了。尽管荷兰沦陷，时局危急，但慈父爱母还是在命运难卜之际，尽其所能为安妮举办了一个简朴但又情深意长的生日庆典。小安妮在亲人送来的诸多生日礼物中，唯一珍爱的竟是后来伴她走完生命最后一程的粉红色格子布面的日记本。是命运，还是巧合？一个月后，安妮就带着这心爱的日记本和家人一块躲进了昏暗的密室。

蜗居于密室的小安妮，为了防止被外人发现，为了保全8条活生生的生命，不能大声说话，不能发出任何声响，不能点灯照明，更不能玩耍交友，他们必须立即对外抹掉自己的存在。暗无天日的密室生活，对正是活泼好动年龄的安妮来说，简直是一座难以忍受的人间地狱，压抑、寂寞、苦闷和深深的忧郁像瘟疫一样紧紧叮咬着安妮稚嫩的心灵。可是，坚毅懂事的小安妮，面对着这突如其来的灾难，面对着生与死的考验，面对着难以预料的种种折磨，没有陷入长辈们日甚一日的长吁短叹和争执埋怨之中，而是勇敢坚强地捧出她心爱的日记本，饱蘸着少女纯洁滚烫的热血，夜以继日地挥笔写着自己的心声、苦乐和憧憬……

多才多情的安妮，在蜗居密室的近千个日日夜夜里，思索着人生的种种苦难和不幸，憧憬着未来。她用少女的双眼，审视人生，审视自己；她以惊人的毅力和才华，记录着生命，记录着命运，写下了几十万字的日记，朴实无华地真实记录了她的孤独和恐惧，表达了她对生的追求和企盼，对未来的向往和祝福。记录的一句句、一行行、一篇篇文字是十几岁少女心灵深处的呼唤，是发自肺腑的呐喊，是血与泪的控诉!

我又一次默默走到了安妮那微微泛黄的、打开的日记本前，透过她那时而工整、时而潦草的笔迹，透过那时而笑语朗朗、时而苦苦祈祷的心语，再次走进了安妮笔下那震撼灵魂的密室生涯，走进纯洁烂漫的少女心灵……

她多么渴望长大成为一名伟大的作家，用自己灵巧的笔触讴歌人类的光明、进步和幸福，鞭笞恶棍暴徒们的凶残和罪恶；她多么渴望长大成为一名著名的歌星，用自己甜蜜的歌喉驱散人间一切乌云浊气，让金色的阳光洒满人间；她多么渴望长大成人，做一个靓丽的新娘，与室友彼得相亲相爱，比翼双飞，同享人间之乐；她多么渴望早早结束这罪恶的战争，消除种族歧视，世界和平共处，团结共进，做一个堂堂正正的犹太人，当一个顶天立地的英雄儿女……

她渴望早早走出密室，追寻逝去的自由。每到夜深人静之际，安妮便迫不及待地爬起

来偷偷收听广播，企盼着盟军早早兵临城下。她渴望快快长大，她曾在父亲的房门上留下一道道深深的笔痕，记录着她身高的变化。她在日记中写道："我就像一只被折去翅膀的小鸟，在一片黑暗中飞翔，却碰在了囚禁她的笼子上。"

但是啊，法西斯给予这位苦苦求生的、可怜的小安妮的时间不多了，德国法西斯已经高高地举起了滴血的屠刀。在安妮写完最后一则日记的8个月之后，在即将迎来胜利的曙光前夕，小安妮却悲惨地倒在德国法西斯集中营的尸体中，永远，永远地告别了亲爱的父母，告别了日夜厮守的室友，告别了罪恶的世界。多可爱的姑娘，多可怜的孩子，你何罪之有，你何该如此命运？你没有害人，却被人害。你没有来得及享受人生的幸福欢乐，却遭受了这么多劫难和不幸，你没来得及实现自己的种种夙愿，就早早惨死在了罪人的魔掌中。你一定还有许多要诉说的话，你一定还有许多要做的事，你一定还有许多正在思索的问题，但那又如何？安妮，亲爱的姑娘，你是一个遭受迫害的灵魂，你是一个被惊恐笼罩的女孩。

安妮，可爱的姑娘，你是不幸的，但你又是幸运的，你用自己心灵撰写的《安妮日记》已经出版，终于实现了你密室中的夙愿。它已经被数十个国家的人民阅读传颂，每年都有来自世界各地的数十万人在你的密室小屋参观礼拜。你响亮的名字代表了人性、人权、民主的觉醒。你的光辉形象为乐观向上、坚毅不挠的伟大精神做出了最恰当的注解；你的不朽著作为和平进步发出了震撼人心的呼唤，成为人类文学宝库中一颗璀璨的明珠。安妮，你是一位可亲可爱的天才少女，你是一位用灵魂的笔与德国法西斯搏杀的伟大战士。

安妮，你不是曾在1944年4月5日的日记中这样写道吗："我希望在我死后，仍能继续活着。"

安妮，尽管你只生存了短短16个春秋，但你是伟大的，不朽的。

你如愿以偿，你没有死，你还活着，你继续活在人们的心中！

后 记

在路上
（代）

一九四六年农历八月十九，我出生在胶东半岛东边一个叫温泉寨的村庄。

听村里老人说，很早的时候村东河边有眼泉子，一年到头流淌着澄清温热的泉水。到了明朝，布衣皇帝朱元璋登基主事，在军事上实行卫所制，村子的东山上又设寨屯兵。这两个故事叠加，温泉寨的村名就这么名正言顺地一直延续至今。不过，当我出生的时候，村里既没有了温泉，也没了兵寨。尽管没有了古迹，但小小山村，面向青山，背负大海，怀揽西南一片小平原，手牵穿村而过的一条小溪流，山围水绕，青堂茅舍，安安静静，也煞是一派诱人的居处。

父亲母亲都是连自己的名字也认不得的老实巴交的庄稼人。父亲弟兄5个，他排行老大。父亲走得早，在我幼小的心灵里，对父亲的印象是：他在村子里不是最老的，不是最棒的，当然也不是最有权威和影响力的，但是他在我的心里是一座伟岸的大山。父亲能在村里有尊严地活着，养活全家老小，全靠他那一身永不枯竭的气力。他老老实实，勤勤恳恳，率直倔强，火气很旺，吃遍了苦，遭足了罪，拼了一辈子，穷了一辈子，一生没享几天福，没过几天顺心的日子。

母亲是我心目中最慈祥、最善良、最坚强的女性，是我人生中最伟大的导师。母亲非常满足地活过了101个春秋，她一生从没有与街坊邻居红过脸、吵过架，从没有让与她打过交道的人吃过亏，母亲一生宽容、礼让、乐于助人的好名声，让邻里乡亲直至今天还怀念她。母亲为拉扶我们兄弟姐妹淌尽了心血，操碎了心。我爱我的母亲，我敬仰我的母亲，我终生都在感念母亲的养育之恩，母亲那带着微笑的泪眼，时时浮现在我的眼前，就像在昨天，在当下，那么清晰，那么深情！

母亲的老家不在胶东，她出生在四五百里之外高密县的一个富庶人家，从小没受过苦，拥有很好的教养。自从她16岁远嫁我父亲后就踏上了漫漫人生苦旅，是缘分，是巧合还是命运？

在我们兄弟姐妹的眼里，母亲是世上最能吃苦、最能忍耐、最有韧性、最讲究人格尊严的母亲。她小父亲15岁，嫁给父亲之前，对父亲一贫如洗的家境一无所知，外祖父的一言九鼎决定了她的人生命运。

尽管贫困，但母亲最终还是遵从父命，服从了命运安排，选择了同虽然贫穷却也忠厚勤劳且一表人才的父亲相守终生。在送走父亲之后，母亲又坚强地带领我们幼小的兄弟姐妹孤独地走过了51个春秋，直活至百岁高龄方欣慰地走向生命的彼岸，与早别的父亲相依相守去了。

母亲说，她一生最不争气、最闹心、最让她没脸面的是她一连串生下

了5个闺女，这在那个封建落后的山村，是要被人讥笑、被人看不起的，这给她精神上造成的伤害，是我们很难想象和理解的。那时，母亲最怕过大年，最怕给祖父母拜年祝寿，兄弟妯娌相聚。人家都是携儿带女，喜气洋洋，母亲身后却是一群不能为车家撑门传代的女儿，尤其令她难以忍受的是妯娌们鄙视的目光和冷嘲热讽，直到晚年，她每每谈起这些辛酸屈辱的往事，还满眼含泪。

最终改变母亲这尴尬处境的是，在她38岁时我的出生。因为家里有了男孩，有了传承，终于有了尊严，有了底气，有了社会地位，父母有了笑脸，家庭有了笑声，从此母亲也可以和有儿有女的人家一样挺直腰杆理直气壮地大声说话了。

我的童年是幸运的，幸福的。虽然这时家境依旧还是那么贫困，但精神的解放、心气的平顺是人生最大的幸福和追求。襁褓中的我这时就成了家里的小太阳、小天使、小皇帝。童年的我一直是在母亲的怀抱里、姐姐的脊背上和父亲的呵护中长大的，在左邻右舍、婶子大娘们的赞叹声中长大的，今天回想起儿时的往事，我怎能不感恩于父母，感恩于姐姐和乡亲们呢！

我在甜蜜的童话中一天天长大，8岁那年我终于背上了梦寐以求的小书包，在姐姐的引领下一路蹦蹦跳跳地走进了村里的小学堂。那时，山村学校还相当简陋，教室是租用的旧民房，门窗用纸糊着，房顶用草苫盖着，地面坑坑洼洼，孩子以膝盖做课桌，砖头当板凳，白天是孩子们的天下，夜间就成了老鼠的乐园，晴天还好对付，到了雨天雪日孩子们就惨了。尽管学校的学习条件是十分艰苦的，但今天回忆起来，那还真是一段自由浪漫、无比快乐的时光，令人难以忘怀。春天，同小伙伴们追逐在山涧旷野，争先恐后地采摘着漫山遍野的山花，撩拨着山溪、淙淙泉水。秋天呢，则欢歌狂舞在茂林野坡，品尝着那些红的、紫的种种叫不上名的山果野味，尽情享受着大自然的馈赠。童年时那个乐劲儿，一跑一个整天，一乐一个钻天，玩得疯了有时连吃饭也顾不得了，简直忘了自己是在人间还是天堂！

人间的许多事情也许就是这样，发展到一个极致就会调转头来走向反面，这也就是人常说的否极泰来、物极必反吧。

我12岁那年，也就是轰轰烈烈的大跃进的1958年，这真是一个火红的、热血迸发的年代，但却是我人生命运中悲痛的年代。就是这一年，厄运像过山车一样突然降临。在短短十几个月的时间内，我先后失去了3位亲人。先是卧床3年之久的祖母走了，接着年仅30多岁的大姐丢下3岁的孩子英年早逝，送别两位亲人的眼泪还未抹干，65岁的父亲在病倒仅仅两个多月后，又丢下我们兄弟姐妹和母亲撒手西去了。面对这突如其来的、一个连着一个的灾难，母亲无助，孩子们不知所措，村里人愣愣地看着我们一家老小。在很长很长的一段时间内，我压根就不相信奶奶、父亲和姐姐会突然抛下我们撒手而去，总觉得他们还会回到我们的身边。

人世间，生死离别是最触疼人们灵魂的苦难，最难以忘怀，特别是自己多位亲人接二连三地离别，给人心灵的创伤就更惨然痛彻。

在那艰难的日子里，是坚强的母亲，艰难地带领我们一群无助的儿女向着生命的前方艰难前行。

没有父亲的孩子注定是要受穷的。父亲匆匆走后，家里失去了挣工分的劳动力，没有了劳力，就没有工分，家里的口粮就一年年减少。本来口粮就不多，又赶上三年自然灾害，家里有时连着几天揭不开锅。为了生计，学是不能正常上了，我们姐弟整天提着篮子，带着铲子，上山挖菜充饥。说起那时节的艰难生活，今天也许很多人不会相信，在那年月，我就狼吞虎咽地吃过树皮、草根、花生壳、玉米塞、地瓜蔓、纸浆……什么能填饱肚子就往嘴里填什么。

没有父亲的孩子注定要受欺负。父亲在世的时候，街坊邻居、爷爷奶奶见面总是那么亲切，那么融洽，好像有拉不完的家常呱，谈不尽的心里话，逢年过节你送我碗饺子，我回碗面条，热热闹闹，亲密无间。但随着父亲的离去，我家好像在村里无声无息地消失了一样，就连平日里的一些亲朋好友见面笑脸也不见了，白眼冷遇成了我们姐弟的家常便饭。在那非常的岁月里，真是尝遍了人生的酸甜苦辣，深切体味到社会的趋炎附势、世态炎凉。自父亲走后，我发现母亲常常整夜整夜地坐在炕头上偷偷流泪。一天，夜很深了，屋外很凉很静，我一觉醒来发现母亲又披着衣服呆坐在炕头望着窗外失神。冬日凄凉的月光透过薄薄的窗户纸悄悄地洒在窗台上，洒在棉被上，洒在杂乱的土炕上，洒在仰望窗外星空的母亲的身上。呀，母亲苍老了，母亲有多艰难啊！一肚子的苦水又能向谁人诉说呢！我还小，虽有心，但无力，我不忍心打扰她，但又担忧她再难撑下去……我悄悄地爬起来，哀求说："妈妈……快睡……吧！"母亲猛被惊醒，转头久久地望着我叹声说："孩子，你们什么时候才能长大？"我急忙回答："妈，等我长大了，一定好好孝顺你，让你享福！""孩子，妈能有这一天吗？""妈，咱们一定会有这一天的！"母亲一把将我揽在怀里，艰难地露出久违的笑脸："妈就盼着这天哪！"母亲那大颗大颗的泪珠唰唰洒落在我的脸颊，月光下，它带着体温，闪着亮光，这是多重的眼泪，多深的期盼，多大的满足啊！望着眼泪模糊的母亲，想着家里的艰难，我和母亲拥抱着好哭了一场。这夜与母亲深情对话的情景，我终生难忘，这夜我为母亲许下的诺言，成了我一生奋斗的不竭动力。而今，我可以自豪地告慰九泉下的母亲，孩子当年的诺言实现了，你幸福地活过百岁不就是对儿子孝心的最好奖赏吗！

母亲常感叹说，富日子难过，穷日子难挨。其实，时间是世上唯一最公正的东西，无论是穷人或是富人，是穷日子还是富日子，一天都是不偏不倚的12个时辰，说到底过日子过的就是一种心态、一种精神。这不，转眼间又是两三年挨过去了，我也在苦水中慢慢长高，该到上中学的时候了。看到我又有了新长进，考上了中学，母亲忙活了好几天，也好高兴了些日子。一天，母亲把我和弟弟叫到跟前，很郑重地塞给我5角钱，让我带弟弟去7里多地外的邻村理个发。那时山村理发叫剃头，过去父亲活着的时候都是他给我们兄弟俩剃头，从没求过人。父亲走后，母亲不会用剃刀，就用剪刀糊弄着给我们剪剪头，剪后我怕人家笑话都戴个帽子遮遮丑。人长大了，要上中学了，要见大场面了，母亲省吃俭用卖了一把（10个）鸡蛋，硬是让我们去正儿八经的理发馆理个发，好在同学面前争个体面。

穷人的孩子从小就听母亲的话，依照母亲的叮嘱，我和弟弟理完发不敢在外面耽搁，立马往家赶，就怕回家晚了母亲操心。回家的路上要经过公社的供销社，在供销社的西头开了间连环画书店，孩子们管连环画叫小人书，这是我的最爱。平日看同学翻看小人书，自己尽管馋得慌，但从不敢向母亲提买书的事。这天从书店门口路过，挡不住它的诱惑，情不自禁地跑到了柜台前，隔着柜台玻璃望见书架上一排排花花绿绿的小人书，好像排着队似的一个个地向自己打招呼，我瞅着瞅着也忘了柜上那层玻璃，砰的一声，头重重地撞在柜台上。旁边的售货员听见响声，急忙赶过来说："小孩，你买哪本书？"我闻声拉了弟弟一把，拔腿就往门外跑，一口气赶回家，母亲看见我们满头大汗也被逗笑了。这天夜里我早早睡下了，结果接着白天的故事，晚上竟然做了一个甜美的梦。梦里和天上的星星交上了好朋友，我们玩得特带劲，临分手时，它们问我最希望它们送我个什么礼物？我没丁点儿犹豫地告诉它们说："我最最喜欢小人书啦。""还有吗？""再就是长大了能当个卖小人书的售货员，整天和小人书在一起。"睡在身边的母亲也被我的笑声吵醒了。这是父亲去世后我最开心的一个夜晚，做的最甜美的一个梦。多少年后我还一直把这个梦深深地埋藏在心中，一直把做图书售货员当成自己人生追求的最高目标。

读书，这是我小时候就立下的志向。3年后，我初中毕业了，但继续读书的愿望却变成了绝望。在中考后焦急的等待中，我开始遭受了人生更为惨痛的打击——社会关系复杂、政审不合格的结论是我青少年时期最可怕的思想包袱。

在中考落榜后，连着几年申请入党被拒绝了，当兵入伍被淘汰了，在报社工作近一年时间，就在将要转正时也最终被赶回来了。生活的贫困是肉体的折磨，而精神的打击则是渗入心灵深处的疼。一个一脚刚刚迈出校门、一脚刚刚踏入社会的十几岁的孩子，面对着这突如其来的、暴风骤雨般的、一连串的伤害和打击，不知道人生之路究竟在何方，希望又在哪里。青年时期本应是一段值得骄傲、珍惜和回忆的美好时光啊！因为那正是心怀梦想、奋发有为、昂扬向上、追求进步的金色年华，但我的青少年时代却是灰暗的、苦涩的、被伤害的、最为痛心疾首的艰难岁月啊。岁月悠悠，朝夕哪堪回首！

人生的本质啊，说到底就是一场场苦难，但苦难也是人生的一种伟大的动力。在那漫漫的艰难岁月里，我失望过，但没有消沉；我踌躇过，但没有止步；我痛哭过，但没有怨恨。在那最委屈、最受打击、最难熬的时候，我曾经望着深夜星空无助地痛哭不止，但我绝不让母亲看见，不让别人知晓。天一亮，走出家门，抹掉泪水，整齐衣帽，满脸笑容迎接新的一天，母亲见到的儿子、乡亲望见的孩子永远是一身朝气、一身正气的年轻后生。后生不是没有眼泪，而是含着泪水向前奔跑。因为，我朦胧地感到，这是时代的不幸，而我一个年幼、老实的孩子哪来的政治问题呢？因为我心里还装着我那可怜的母亲殷切的嘱托和希望，因为我还背负着对母亲的承诺。我不能消沉，我不能退却，我不能让母亲失望。我相信时间是公正的，命运会转变的，人生的未来和希望就在前面坎坷曲折的路上……

人生命运的转机往往就在再难坚守时的坚守之中。那是1972年的春天，那真是一个春意盎然的时节，我已从报社回到了县城，组织安排我到县文化馆做文艺创作组组长。

记得那是一天的晚饭后，忙碌一天的同事们照例悠闲地围坐在文化馆井旁谈天说地，突然办公室响起了一阵清脆的电话铃声，会计老彭隔着窗户向我喊道："小车，快，组织部叫你马上去一趟。"什么，组织部找我？这些年来，我已被政审弄成了惊弓之鸟，一听填写履历表、组织审查就神经紧张起来，难道这次组织部找我又是因社会关系问题要赶我回家？从文化馆到组织部也就隔着两条街，满打满算500多米的距离，但这短短的路程，当时对我来说，简直是万里之遥。我也不知道自己是怎么走进组织部的办公室的，等待我的是德高望重的老部长许永泉同志。"坐吧，小车。"他说，"这些日子你们在干什么呀？"我急忙回道："馆里都在忙着迎接毛主席《讲话》发表30周年的庆祝活动。”许部长听着顺手拿起办公桌上的一张报纸说：“哦，这篇稿子是你写的吗？”我靠近一看，啊，《水向高处流》，刊登在《大众日报》农村版。我顿时惊喜起来，连忙回答说：“是，是我写的，就是没写好……”许部长赞许地站起来，亲切地叮嘱我：“好哇，小车，好好干！”这简直是平地一声春雷啊，多少误解、多少屈辱、多少冤屈，顿时被老领导一番感人肺腑的鼓励的话语洗刷得一干二净，满肚子的话一时一句也说不出来，我激动地上前握住老领导的手，眼泪情不自禁地唰唰淌下来。

“小车，好好干！”老领导的这句力重千钧的叮嘱伴随了我终生，在人生的坎坷道路上，无论是顺境，还是逆境，无论是为民，还是做官，我都时刻铭记在心，成为鼓舞、指引我战胜前进道路上一切艰难险阻的强大精神力量！许部长，老领导，感谢你啊，感谢你的信任和教导。今天当我问心无愧地告慰老部长的时候，他却早已离开了人世，长眠于地下，但他生前对我的鼓励和教导一直伴随我一生：感恩，好好干！

我是多难的，又是幸运的。短篇小说《水向高处流》是我一生中创作发表的第一篇文学作品，说起它的问世还真有段难忘的故事。1972年是毛主席《讲话》发表30周年，为庆祝文艺界这个盛大的节日，文化馆全体人员都动员起来了，我是创作组长，自然要带头，但我这个组长还真是名不副实，徒有虚名，当时的我对文学创作一窍不通，就连长短篇小说都分不清。但无论如何到这个时候你不能说熊话呀，特别你还整天背着个政治包袱，组织上没赶你回家还让你担任个小组长，这时候你能退却吗？一句话，你是有尊严地在馆里继续干下去呢，还是不争气被再次赶回家窝囊地活着？机遇、挑战就这么一起摆在你的眼前。没犹豫，拼吧！数年压抑的那股劲头这时一下迸发出来。那些日子，人就傻了一样，连每天是何时何日都记不清了，整天就躲在县图书馆拼命地读哇抄呀，几天的工夫馆里的文学图书全读一遍，有的短篇我能从头背到尾。

不久，馆里安排我回家休假，这天大清早爬起来匆匆骑车上路了。从县城到老家要翻过高高的伟德山，走大约80里的山路，平日里满打满算3个小时就到家了，可这天我却整整走了一天。一路走，一路构思故事情节。什么故事呢？几个月前，我陪省新闻记者一起采访了荫子供销社生资门市部支援农业学大寨的先进事迹，采访中他们讲了这样一个故事：塘子崖大队就坐落在水库旁边，因天旱水位下降，守着水库的村民却吃不上水，浇不了地。生资门市部的同志帮群众所需，在水库里打井引水上山，滚滚库水浇灌农田，秋天夺取了农业丰收。水向高处流的故事就这么记在我的心里，生活是创作的源泉，这是多有意义的故事啊！我就这么推着自行车，一边思考，一边走，想起个好情节，想出个好句子，立马停车跑到路边地堰下，急忙在小本上记下来。就这么边走边想，边想边写，太阳落山了我才赶到家。晚上回忆起一路上构思的故事情节，激动得一夜没睡好，天没亮爬起来，一口气将《水向高处流》稿子写出来，接着用复印纸抄了一式两份，迫不及待地寄给了大众日报社。结果呢，就这么歪打正着，像做梦一样竟然一举成功了，你说高兴不，幸运吧？

今天，想起这些往事，我还真该感谢《大众日报》农村版的领导和编辑，一个千里之外素不相识的年轻作者，一篇初出茅庐的幼稚之作，在寄出几天后就被采用发表，且占用这么一个版面，这是多大的气魄，多大的信任和支持呀。今天回忆走过的人生旅程，可以毫不夸张地说，没有报社的支持，就没有我后面的故事，就没有我今天的人生。谢谢你们，尊敬的《大众日报》的朋友，是你们帮助和扶持我走上了文坛，改变了人生！

正像《水向高处流》这篇短文所预示的那样，它的问世使我苦难的人生峰回路转，步步迈向人生的高处。《水向高处流》见报后，在偏僻的县城立刻引起了不小的轰动，我的心情也为初战成功而更加振奋。乘着这股春风，我一鼓作气创作发表了《新来的女船长》《橹把之歌》《石岛的青春》等作品，同时开始为长篇小说《海的女儿》这大部头的创作而下渔村，走海岛，体验生活。这些作品的连续出手，真给“文革”中那沉闷的文坛带来了一些新生力量的冲击，由此，胶东半岛一个文学新人的陡然出世也引起了文艺界和社会的关注。

时间的指针走向了1974年的春天，生命之神又悄悄地将我推向了一个新的高处。我人生的运程由文坛转到了政坛，养育我的家乡党组织中共荣成县委任命我为县委宣传部副部长，这是我以往连做梦也不敢想的神话。这突如其来的变化， 对于我一个涉世不深的年轻人说来，实在有些难以承受，我因此而惶惑不安。

但更令我不安的是命运的再一次转折。那是1977年的金秋，我正带着学大寨工作组在滕家公社和社员忙着秋收秋种，一纸调令，让我到省委宣传部报到，任务是为省委领导担任秘书。从遥远的县城突然来到政治文化中心的省会城市，从刚刚小有斩获的文坛，陡然转到风云激荡的政坛，一切都是那样悄无声息，又是那么始料未及。人生的运程呀，真是万千气象，高深莫测。人生啊，几多欢笑，几多泪水，让人鼓舞，又让人无奈呀！

一身农装、一身土气、一嘴土话的农民儿子，自弹掉一身尘土，洗却一身伤痕，迈步跨进省委大院的那一刻起，我就在内心暗暗地告慰母亲："儿子长成啦！"悄悄地报告老部长："小车一定好好干！""从苦水中挣扎出来的孩子，决不忘本，决不会让你们失望。"一切从头开始，一切从零起步，老老实实，正正派派，勤勤恳恳，无论是阳光灿烂的顺时，还是乌云压城的逆境，无论是当面的赞语，还是背后的恶言，无论是笑脸，还是怒目，19年的风霜岁月，6900多个日日夜夜，不投机，不彷徨，不止步，埋头做事，正直做人，从一个最基层不懂事的孩子起步，至宣传部办公室主任、文艺处长、副部长，一个台阶一个台阶地一路走来，在50岁知天命之年，又外放10年担任全省新闻出版行政管理的主要领导。弹指间，30年的人生旅程如电光石火般转瞬即逝，尽管其间几多风雨、几多曲折、几多忧患，但还是顺利地、幸运地走过人生最珍贵最辉煌的时光。

30多年来，在兢兢业业、尽心尽力、尽职尽责地坚守自己每一个工作岗位的同时，我从没有放下手中的笔，没有放下自己一生钟情的文艺创作，没有放弃一生的美好追求。从没敢懈怠，没敢散漫，更不敢停步，生命不息，笔耕不辍。在担任秘书工作的5年中，我最终完成了37万字的长篇小说《海的女儿》的创作，丰富了齐鲁文坛。在担任文艺处长期间，我撰写主编了300多万字的《齐鲁文化大辞典》，成为研究齐鲁文化的开山之作。从办公室副主任岗位走进山东师范大学干训班，在职学习两年后，先后撰写、主编了大型皇家文化丛书《中国状元全传》《中国皇帝全传》《中国皇后全传》和《中国宰相全传》等，填补了中国出版之空白，成为全国最畅销、常销书之一，曾位列国家图书馆借阅图书之榜首，被媒体推荐为中国最佳收藏经典著作之一。在担任副部长期间，在赴中央党校进修的半年时间中，利用党校图书馆丰富的藏书资料，在撰写、主编了《世界富豪传》之后，又连续主编出版了《世界著名元首传》《世界著名将帅传》《世界著名外交家传》《世界大失败者传》和《世界诺贝尔文学奖得主全传》等著作，每部作品收录百名传主，容量分别达200多万字。在担任山东省新闻出版局局长的10年间，在繁忙的行政管理之余，首先组织编纂了4000余万字的大型史书《中华野史》，为中华文库增添了新的经典之作。之后用尽数年汗水和心血，学习掌握了摄影艺术之奥秘，先后出版了5部摄影集，举办《天籁之音》和《天鹅之韵》大型摄影作品巡展，其间还创作发表了数十万字的电影剧本、话剧剧本、中短篇小说和散文等文学作品。这些作品的不断问世，不仅以实际创作成果丰富了中华文化宝库，促进了中国当代出版业的繁荣发展，更为《世界名人故居》和《中国名人故居》这36卷大型图片典籍的出版奠定了坚实的思想基础和丰富的知识技能，也是为故居系列经典大型丛书的问世做了预演和学识的积蓄。

岁月无痕，往昔不再，人生的时光已落下夕阳的余晖，2007年3月9日上午9时，我遵从组织的安排，从容愉快地走下付出我一生心血的政治舞台——我退休了。这年我60岁有余。

时光迅捷无声，转身间已是60个春夏秋冬，当年天真幼稚的山村孩童，而今已是夕阳染红的老者。我知道，我非常清楚地知道，总还有那么一天，最后的一切也都将远去。是的，退休老人没有了春天的生机，但我们也已无喧嚣之闹、迎送之劳、责任之苦，辛劳奔波了一生终于有了安静，有了安逸和自由，终于可以若闲云野鹤般，在大海滩头听潮起潮落，在大漠沙原看云卷云舒，在山野之巅观夕阳染红大地人间……

可是啊，这不是一个带着前辈希望和嘱托的农民儿子的品格，不是从艰难困苦中长大的穷人孩子的最终追求。人生得失看黄昏，人生成败看晚节。人生真正的考验和最后的决战也正是在生命的最后一程。迎接晚年，成就晚年，是我们对这个社会的使命，我们要以从容的风度、宽容的微笑、不懈的奋斗，创造一个有尊严的晚年、丰硕的晚年，让生命在不停步的奉献中燃烧！

自我踏上生活工作的人生之路，就一直在为思想文化事业打拼服务，人退下来了，但人民的文化事业还在继续前行，还需要社会各方力量为她的更大繁荣发展贡献力量。可是你看当下，你看当今社会，有些人多短浅，多浮躁，几十年，数百年，甚至上千年的不可再生的文化遗产、名人故居、古老建筑，一座座、一片片转瞬间灰飞烟灭，荡然无存，销声匿迹。名人故居在蹂躏中坍塌、消失，抢救名人故居刻不容缓，拿起相机用自己掌握的知识和技能将这些人类精英们创造的灿烂文化遗产拍摄立传，一代代永久传承下去，这不正是我人生“黄昏岁月”的最佳选择、最理想的战场吗！

理想是伟大的，但道路却是艰难的。为了实现这宏大理想，数年来，我跋山涉水，翻山越岭，废寝忘食，风雨无阻，走过了世界56个国家和地区，走遍了祖国大地城镇山村。数年的风雨历程，数万里路云和月，用生命最后的光和热去寻找，去记录。多少次被误会，被驱赶，甚至被辱骂；多少次曾病卧异国他乡无人知晓；多少次曾凌晨两点还在投宿的路上无处安身；多少次日行千里寻到的却是一片废墟而无可奈何！在那数千个日日夜夜里，恐惧、疲劳、饥饿和忧愁无时无刻不在伴随着你，纠缠着你，折磨着你。一个走下政坛数载的退休人，一个年近七旬的苍苍老者，没有团队的相扶，没有资金的相助，独自完成这旷世无双的宏大的文化工程，其中之苦、之难、之愁、之忧，有谁知晓，又有谁人理解呢？这其中之艰难你怎样估计、怎么想象都不为过。今天回想起那一幕幕的往事，我真有些后怕，真难想象这路是怎样一步步走过来的，这故居是怎么一家家寻找到的，这照片又是怎样一张张拍摄出来的呀！苦吧，太苦了！累吧，真累了！有时累得一步也坚持不下了……但是，因为我寻找着，我创造着，我奉献着，因而，我快乐着，我幸福着——我燃烧着自己最后的生命，却为后人留下了宝贵的文化珍品，所以，我快乐，我满足，我幸福！

拂去那岁月的浮尘，有时我常常这样想，当我离开了奋斗一生的心爱的人世间，与这些中外名人大师们相会时，我该多么自豪地告慰他们：陪伴你、成就你辉煌业绩的故居老屋已经永远留下了它们靓丽的身影！我这个在苦难中一路走来的农民的儿子，一生没有放逐，没有散漫，没有虚度！

向往事致敬，为友情干杯！显然，成就这项宏大事业的，不只是我一个正在老去、形单影只的老者，而是身后一批真情义、能干事、讲奉献的朋友，是他们适时无私的相扶相助，是他们真诚持久的理解和信任，帮助《中国名人故居》这部传世之作顺利问世。历史应永远铭记他们，我衷心地感激他们，由衷地祝福他们，发自肺腑地说一声：朋友，谢谢您！

这不是虚构的故事，

这是真实的人生，

这是一个至今还行走在路上的真实的人生故事！

二〇一四年春节于泉城

---

*此文原为《中国名人故居》后记。

图书在版编目（CIP）数据

我在世界名人之家 / 车吉心著. —济南：泰山出版社，2019. 9

ISBN 978 - 7 - 5519 - 0577 - 0

Ⅰ. ①我… Ⅱ. ①车… Ⅲ. ①散文集—中国—当代 Ⅳ. ①I267

中国版本图书馆CIP数据核字（2019）第194191号

责任编辑 王艳艳

装帧设计 路渊源

WO ZAI SHIJIE MINGREN ZHI JIA

我在世界名人之家

车吉心 著

出　　版 泰山出版社

社　　址 济南市泺源大街2号 邮编 250014

电　　话 总编室（0531）82022566

市场营销部（0531）82025510 82020455

网　　址 www.tscbs.com

电子邮箱 tscbs@sohu.com

发　　行 新华书店

印　　刷 济南新先锋彩印有限公司

规　　格 720 mm × 1020 mm 16开

印　　张 21.25

字　　数 300 千字

版　　次 2019 年 9 月第 1 版

印　　次 2019 年 9 月第 1 次印刷

标准书号 ISBN 978 - 7 - 5519 - 0577 - 0

定　　价 68.00 元